El perfume de la madera

Eduardo Balestena

FINALISTA

IV Concurso Internacional de Novela

Contacto Latino

PUKIYARI EDITORES
www.pukiyari.com

Esta novela, con modificaciones de nombres y fechas, recrea —en el marco de una historia ficticia— hechos reales que fueron tomados de las investigaciones de Osvaldo Bayer en sus libros: *Los anarquistas expropiadores y otros ensayos* (booklet, 2003); *Severino Di Giovanni: el idealista de la violencia* (booklet 1998) y *La Patagonia Rebelde*, tomo IV *el vindicador* (booklet, 1997).

A mi abuela, Amalia Adelaida Aramburu Hardoy,
Mamina (1903 - 1988)
A mi abuelo, José Ramón Baleztena Juantorena
(1894-1933)

Índice

Prólogo

La vida de Cristina, de Casafuerte, en 25 de Mayo, muy cerca de San Rafael, Mendoza, es de novela. Como Karen Blixen, tiene un poder de encantar con historias de lo que ha vivido; y escucharla es entrar en un mundo donde todo es como una aventura que al final ella siempre logró superar.

«Todas las vidas son de novela», me contestó cuando se lo dije.

En ese momento pensé que estaba equivocada, que no todas las vidas son de novela. Pero quizá tenía razón, y más bien fuese ineludible escribir novelas acerca de aquellas vidas que merecen el esfuerzo de la creación; de aquellas personas que se hubieran merecido vivir otras cosas o, al menos, ser recordadas por las huellas que dejaron en este mundo.

No se puede volver el reloj atrás, por eso se escribe, para devolverle a la vida su misterio, su posibilidad, o simplemente para hacernos más actual el recuerdo de alguien a quien queremos dibujar como una heroína, porque en verdad lo fue.

Cristina no necesitó vivir las alternativas de una historia fantástica para tener una vida heroica. Salvo la historia de amor todo lo demás fue real: la casa con ruedas; el motofurgón; el campo; el garaje, la postal; el diario (que sin embargo había sido del abuelo Emilio, que lo escribió en 1915, a los diecinueve años, al descubrir a Corina Noya, su gran amor; aunque esa es otra historia) y hay que cuidar que siga existiendo, aunque se haya desvanecido en la marea del tiempo, que se lleva galeones y devuelve maderas de cajón.

No me importaron (o no quise o quizá no pude rehuirlas) ciertas convenciones porque escribí en el pulso del lenguaje y no intenté ocultarlas. Cuando empecé releía por enésima vez *La Brasa en la mano*, de Oscar Hermes Villordo; quería para mi diario apócrifo esa intensidad de una metáfora que sigue la pulsión apasionada de lo que se siente y de lo que se sufre. La literatura tiene un solo deber, el de la belleza, y para desplegarla usa una historia.

Me propuse una prosa llana, sin citas, sin complejidades, pero esencialmente literaria. Las citas están, pero integradas al texto y provienen de libros a los que acudí en busca de una palabra con la cual seguir. Laten ahí, en su gran mayoría, textos de la gran Marguerite Yourcenar.

Espero que haya valido la pena la lucha (la de ellos y la mía) y que mi escritura haya podido rememorar a dos vidas y a algo de todo lo que les sucedió, pudo haberles sucedido, o les hubiera debido suceder.

Eduardo Balestena

I

Mamina

Todo empezó aquella tarde en que la tía Celia me pidió empezar a desocupar la casa de Mamina, mi abuela.

Me di cuenta de que ella no podía enfrentarse con aquellos muebles, aquella ropa, aquellas fotos. O no podía enfrentarse o no le interesaba. Por lo tanto, aquella era una tarea que me tocaba hacer a mí. No me preocupó hacerme cargo de aquel deber pues de pronto tuve una extraña certeza y me imaginé que dentro de esa montaña de cosas algo se encontraba destinado a mí.

Mamina y el abuelo Emilio cuidaban chalets durante los inviernos y en verano se mudaban a una casilla de madera en Corrientes y Juan B. Justo. Una cocina, dos habitaciones, la de ellos con una cama de caños cromados, y un pequeño comedor. Estaba apoyada sobre pilares, separada del suelo (entre el piso de madera y el suelo había un hueco donde solíamos escondernos cuando éramos chicos) y yo recordaba que en aquel patio siempre reinaban el perfume del jazmín y un gran calor.

Ahí fui luego de la muerte del abuelo Emilio.

Ahí fui sola por primera vez cuando ella murió.

Yo tenía veintitrés años.

En la casa de alguien que ya no está reina un silencio distinto, denso, irremediable, una penumbra, un olor a humedad y a encierro. Ese silencio contiene a las palabras que ya no se dirán, pero al mismo tiempo hay algo de expectativa en él.

Desde la cómoda del dormitorio me contemplaban sus distintas edades, fijas para siempre en sus fotos y podía ver, con una claridad nueva, los cambios que la vida había ido imprimiendo en ella.

Pero fue en la mesa de luz donde encontré la caja y aquellas hojas cuadriculadas.

También encontré fotos, aunque no las que necesitaba ver luego de la lectura de las hojas.

Pero mejor vamos por partes.

Siempre había visto a Mamina como una mujer silenciosa, apagada, que no parecía demostrar mucho interés por nada; pero al mismo tiempo tenía algo rebelde que había sido lenta y silenciosamente doblegado por la vida, algo que a ella no le interesaba para nada mostrar y que nadie veía ni podía descubrir pero que yo siempre adiviné.

Pienso ahora que era como si ella supiera que alguien, algún día, iba a descubrir esa parte suya por sí mismo.

Siempre la vi como lo que era: una mujer hermosa, de carácter, de una belleza sutil, con sus ojos levemente rasgados, su frente alta, su boca pequeña y sus gestos finos y precisos que hacían que me costara imaginarla como alguien que vivió en el campo, primero, donde enviudó; luego, sometida a su segundo marido; y más tarde, sola.

Crio a tres hijos y, a diferencia de los hombres, no suplantó a su esposo por otro cuando él faltó, sino que —cosa que los hombres no saben hacer— se las arregló por sí misma. Sola supo de la pobreza; de la enfermedad de uno de sus hijos; de las eternas mudanzas de una a otra pensión; de un negocio; de la escuela; de las adolescencias; los noviazgos y finalmente de otro hombre (el abuelo Emilio), con quien se unió luego de que el último de sus hijos se casó, ya que ella no habría tolerado nunca «que un hombre que no es el padre le levante la mano a uno de mis hijos».

Al momento de la muerte de mi abuelo Ramón estaban por comprarse un campo y un chalet en Mar del Plata, para que los tres hijos pudieran ir a la escuela, vivían en una casa grande y tenían un auto. Cuando uno de sus hijos se enfermó de parálisis infantil, en 1927, ella lo traía desde Chapadmalal a Mar del Plata y una vez escapó de un agente de policía que le pidió el carnet para conducir. Entonces yo pensaba, equivocadamente, que la abuela Mamina nunca vivió nada demasiado intenso, que nunca hizo cosas que las mujeres no hacían en su época, pero que sí había aprendido a manejar cuando muy pocas mujeres lo hacían, y que se venía a Mar del Plata desde un lugar que entonces era como otro mundo, el mundo adusto y predecible que ella conocía.

De Mamina era poco lo que sabía. Digamos que fui averiguando más y más por aquellas fotos y por aquel diario, y eso iba mucho más allá y era muy distinto de lo que me contaron mi papá o mis tíos, que tampoco parecían conocer demasiado sobre su madre y, lo que era peor, no parecían sentir que estar al tanto acerca de la vida de su madre fuera necesario para sus vidas, como si ya supieran todo lo que había que saber o como si no fuera preciso saber otra cosa más ya que ella siempre iba a estar ahí, en la sombra y en el silencio, para ayudarlos, que se supone que eso es lo que una mujer tiene que hacer en la casa.

¡Qué triste!, pensé al leer las hojas, *haber sido una desconocida para sus propios hijos*. Pero ella sabía, sé que en el fondo sabía, que alguien, diferente de ellos, sería el destinatario de su mensaje.

Hasta ese momento había sido la Mamina de las fotos de los cumpleaños, las comuniones, las idas a su casa, sus visitas, sus protocolares llamadas por teléfono donde siempre parecía no haber mucho que decir. Ahora eso cambiaba. De pronto era otra y había mucho que decir, pero ella ya no estaba.

Era, lo pienso ahora, como si hubiese tenido un mundo secreto pero que había decidido mostrar una faceta diferente hacia nosotros. En esa cara que nos permitía ver se mostraba afable pero no cariñosa, estaba contenta a veces pero no era alegre, nos decía que nos quería pero sin que sintiéramos que verdaderamente nos amara; era, ahora me doy cuenta, como si su amor se hubiese consumido mucho tiempo atrás y muy lejos y con alguien que no éramos nosotros. Fue entonces que, de una vez y para siempre, su fuego ardió.

Eso lo entendí esa tarde. Eso lo sé ahora.

Había nacido en el campo de sus padres, que habían venido de Bizkaia hacía ya mucho y, casada muy joven con mi abuelo Ramón, se establecieron en la Estancia de Peralta Ramos.

Pero entre una cosa y la otra, algo había sucedido.

II

El diario

Aquella tarde no sabía por dónde empezar, sentía que estaba profanando algo.

En su mesa de luz de roble, con un mármol rosado, había una imagen de ella en un marco antiguo de metal de bordes suaves y curvos. Era muy joven. Yo no recordaba esa foto. Era en el frente de un galpón de chapas y ella reía muy feliz y yo pensé que nunca la había visto así, que ninguno la había visto jamás así.

Sentía que estaba violando su intimidad al hacer lo que iba a hacer. Abrí la puerta de abajo y encontré sus tesoros: una tableta de chocolate Águila por la mitad, un desteñido pañuelo de seda, un estuche con un reloj de hombre y, en el estante de abajo, una caja de madera. Era una madera muy vieja y pensé que por alguna razón la había acompañado durante muchos años, quizás desde aquella foto.

La tomé entre mis manos y ahí, sentada en su cama, la abrí.

Un olor suave salió de su interior. No era humedad. No era de viejas esencias estacionadas. Era otra cosa, una muy antigua, muy dulce, que me recordó a algún estante con canela en rama, clavo de olor y azúcar negra, ahí en su casa, cuando yo era muy chica; pero a la vez era a perfume antiguo, de madera estacionada, de esos que impregnan las cosas y yo pensé que ese perfume de la madera era su olor; que todos tenemos uno y lo ignoramos, o que todos somos asociados a alguno sin saberlo. Éste me traía cosas que no podía expresar. No sé por qué, me traía abrazos, una piel, y palabras dichas en la penumbra, palabras lejanas y olvidadas. De ellas sólo quedaba esta memoria que llegaba hasta mí y que yo aún no podía descifrar.

Sin saberlo, ese fue el primer paso que di hacia aquel fantasma que comenzaba a vivir, a moverse, a desear y a revelar cosas dentro de mí.

Había un montón de hojas cuadriculadas con una barra roja que marcaba su margen izquierdo. Estaban dobladas al centro y escritas en una letra pequeña, redondeada y prolija y varias cartas con otra letra y escritas en otro papel.

También encontré una postal, en blanco y negro: era el retrato de un hombre. Llevaba una de esas camisas blancas con el cuello levantado, del cual se doblaban hacia abajo sólo los extremos. El cuello dejaba ver la corbata, a rayas blancas y negras, y en la parte superior el fondo gris se abría en uno más claro, como un cielo con una nube, y ahí se veía la imagen de una mujer, con un vestido con encaje blanco, una chalina y un sombrero grande con una cinta. En el reverso un poema: *"Lejos de ti/de noche, en mi retiro; es cuando estoy más cerca de ti; porque tu imagen en el sueño miro; bañada de pureza junto a mí; lejos de ti mi frente está abatida; lejos de ti, mujer, no soy feliz; lejos de ti no quiero ni la vida/que vivir no es vivir, lejos de ti".* Debajo del poema iba un nombre: Zacarías Gracián.

¿Quién era ese Zacarías Gracián? ¿Qué tenía que ver con nuestra familia?

No lo sabía. Sin embargo, su nombre, pasando por generaciones, vidas y lugares, había llegado hasta mí.

Eran varias hojas. Sentí al tocarlas algo que no puedo traducir bien en palabras, era como si una mano se posara sobre la mía; una perlada de lunares oscuros, cálida, con la saliente de sus huesos; y sentía su voz, pero era otra voz, era la de la fotografía del galpón, la suya, pero más joven y más viva. Una voz que me decía: «Es en esta lectura que vas a hacer que vuelva a vivir, aunque no esté; volveré a una vida más verdadera, más mía, esa que siempre tuve que callar».

Ahora ya no soy aquella que abrió esa caja y leyó esas hojas por primera vez. Soy y no soy aquella Ana de veintitrés años. Ahora soy una mujer que ha vivido a partir de aquellos descubrimientos, alguien que ha aprendido de voces, caricias, soledades y, más que nada, del perfume de la madera. Cuánto se puede aprender de silencios, soledades y recuerdos. Una calma, una sabiduría surge entonces y es el resultado de esos silencios, de esas derrotas. En esos momentos nos damos cuenta de que estamos más allá de las cosas.

La letra, prolija, pequeña, empezaba con un lugar y una fecha.

Batán, 9 de septiembre de 1922. Nunca he escrito un diario y ahora entiendo lo que significa tener que escribir uno. Mi nombre es Amalia Aramburu y nací el 14 de julio de 1903. Fui a la escuela en Batán. Iba a caballo siendo muy chica y esos fueron años muy felices.

Hasta ahora yo no había conocido el amor. Soy la mayor de cuatro hermanos. Todos ellos son alegres, lindos, todos ellos se ríen, pero para mí es distinto. Soy la que tiene que ayudar a mis padres con las cosas de la casa y también con las del campo, un día tras otro, pero no me quejo, sólo que ahora entiendo que me faltaba algo. No una parte de mí sino algo que soy yo misma, algo sin lo cual no soy yo y ya no puedo volver atrás y ser la que era antes.

Todo empezó una tarde cuando recomendado por Julián Otxandorena llegó a trabajar un joven que no era como el resto de los peones; quizás por eso, al segundo día, papá lo encargó de llevar las cuentas de la chacra y de manejar. Al principio no le presté mucha atención. No se hacía notar en nada, casi no hablaba y absorto en las cuentas o en lo que le mandaban a hacer, siempre parecía tener la mirada hacia abajo, como escondida.

De a poco, varias cosas sobre él se iban filtrando en las conversaciones. Que venía de Buenos Aires, que era estudiante de abogacía, que quería alejarse y viajar, hacer vida de campo, conocer gente, conocer sus problemas y que aunque sus padres no hubieran venido en el mismo barco que Julián, ni eran del mismo lugar, se habían hecho amigos de él cuando Julián vivió unos meses en la capital.

No hablaba con nadie, nunca nos habíamos ni siquiera cruzado. Él se dedicaba totalmente a su trabajo. Comía y dormía con los peones y en una mesita de la pieza grande llevaba los libros. Otras veces ayudaba con las ovejas, a arrearlas para que pastaran, a guardarlas. Podía hacer todos esos trabajos, se notaba que aunque hubiese estudiado en la ciudad, si era cierto lo que decían, también había trabajado en el campo.

Siempre lo veía de lejos. No le conocía la voz. Era como si no quisiera llamar la atención ni dar lugar a ningún problema.

21 de septiembre de 1922. Ya lleva varias semanas y hoy papá le había encargado ir a Mar del Plata en el Ford T y no lo podía hacer arrancar, giraba la manija y nada. Así, inclinado, un mechón de pelo negro caía hacia su frente y de pronto me encontré detenida observándolo, sin poder moverme. El rostro, en parte cubierto por ese cabello negro, la piel, como una seda de marfil, y las manos, de largos y finos dedos, no acostumbradas a esas tareas, iban y venían rápidamente, sin acertar en los movimientos necesarios, como si estuvieran acostumbradas a otros movimientos. Era un hombre como no los había ahí: varonil pero con los movimientos justos, elegantes, calculados, de un caballero.

Nunca me había sucedido esto de ver un hombre y quedarme inmóvil, delatarme, desear pasar inadvertida y al mismo tiempo ser descubierta y esas sensaciones eran nuevas, extrañas en mis 19 años. Él de pronto giró la cabeza, levantó la vista y fijó en mí sus ojos, grandes, verdes, penetrantes.

Inmóvil como estaba, atravesada por esa mirada infinita entendí que yo había nacido y había vivido pensando que la vida era una cosa y que eso había cambiado de pronto, que uno nace y vive para encontrar miradas como esa, para rendirse a ellas, para aceptar lo que deparan, aceptar, soportar y a la vez gozar, porque las miradas infinitas contienen en su superficie un gozo evidente. Vivir, me di cuenta, era dejarse arrastrar por esa fuerza tan nueva que acababa de nacer.

Sin embargo, tras un momento de inmovilidad, la curiosa energía que despierta la atracción nos hace sobreponernos, sentirnos a la vez que vulnerables, poderosos, entonces fui, dejé la canasta con las verduras que había ido a buscar a la quinta y casi sin mirarlo fui al auto, le levanté una de las tapas del motor para llegar a la cuba del carburador e inundarla mientras le decía «esto es así» con una voz que ni parecía ser la mía ni reflejar nada de lo que sentía. Entonces fui a la parte de adelante y apreté el acelerador de mano. «Ahora sí», le dije. Él dio media vuelta de manija y eso fue suficiente para que el motor arrancara y volví el acelerador de mano a su posición.

Entonces fui yo quien lo miró. No le saqué los ojos a los suyos (no podía), él habrá pensado que era una mirada de desafío. No me importaba. No era una mirada de desafío, era una mirada de rendición que se disfrazaba de desafío, que también le decía que era yo quien me rendía a él, a su presencia, a su aura, a sus ojos verdes, a sus manos, al conjunto de su cuerpo y de lo que emanaba de él; pero… ¿quién se rinde a quién en este juego donde no se sabe quién tiene el poder ni quién aventaja al otro? ¿...y qué importa todo eso? Algún día quizá fuera él quien se rindiera ante mí.

No me fui, redoblé la apuesta. «¿Ha manejado usted un auto así?, mire que es distinto a los otros». «No», me confesó, «sólo manejé un Rugby». La voz era suave, como su piel y sus manos, y honda como sus ojos.

«Suba», le dije, sin entender cómo me estaba atreviendo a hacer todo eso, yo que apenas hablaba, que no le sostenía la mirada a mi papá, ni menos a ningún otro hombre.

Subimos.

«Usted pisa este pedal y luego acelera con esta palanca y mueve esta otra para arriba, luego suelta el pedal y entra la primera marcha, la directa se pasa sola. Este del medio es el freno; y este otro, la marcha atrás; si se confunde, pise los tres juntos».

Le mostré cómo llevar el Ford T y al fin le dije: «Ahora usted». Cambiamos de lugares y su cuerpo rozó levemente el mío, era como perder el sentido. Se sentó frente al volante y salió muy seguro con el auto.

«Muy bien», le dije. «Ha aprendido como un buen alumno». No entendía de dónde sacaba ese atrevimiento y ahí me di cuenta de que en estos casos hay algo que nos posee y nos lleva y que nos rendimos a ese algo sin poder hacer nada. Supe que lejos de haber ejercido un acto de superioridad, como el de haberle enseñado algo que yo sabía y él no, estaba rendida, cautiva de ese poder indefinible que emanaba de un

cuerpo; y estaba feliz de eso y de haber podido demostrarle algo, algo que yo podía hacer, aunque quizás de ahora en más no pudiera mostrarle otras cosas, porque las ignoraba y no ignoraba que él podría mostrarme a mí muchas más, y mucho más importantes que saber manejar un auto que él no sabía manejar.

Terminaba la primera hoja. No podía creerlo

Mamina y Zacarías Gracián.

¿Qué habría sido de ellos? ¿Estaría la respuesta en las siguientes hojas?

Pensé en ese diario que había llegado desde sus diecinueve años hasta mí. En los azares de ese diario que la había sobrevivido. Un puñado de hojas que eran ahora lo más hondo de aquella vida que ya no estaba.

Las cosas no sabrán que nos hemos ido.

25 de septiembre de 1922. Entonces pensé esa vez que empezaba a vivir. Empezar a vivir era eso que sentía; pero eran también las incertidumbres, las esperas, las búsquedas, el adivinar el significado de unos ojos fijos y de unos ojos esquivos. Eran las preguntas y era el miedo de todo lo que podía pasar.

Luego de ese avance me volví hacia mí misma, encerrada en mi timidez, pensando que él nunca iba a interesarse por mí, porque cuando uno empieza a amar (por primera vez digo esta palabra), cuando uno empieza a amar (sí, amar) pone a ese otro ser en un pedestal a una altura que le parece que uno nunca va a poder alcanzar, le da la cualidad mágica de que todo empieza y termina en él porque qué otra cosa es enamorarse sino eso, convertir a los sentidos en flechas desesperadas que escrutan una sola dirección, o muchas direcciones posibles: sus pasos, los lugares por donde pasará, aquellos en donde estuvo; una página de cera donde se grabó cada palabra; una película donde se imprimió —para siempre— cada uno de los gestos que su rostro adoptó en los pocos minutos de una conversación casual.

Si aquella vez había sentido la victoria de la iniciativa, ahora la incertidumbre la convertía en un sueño; y el silencio de estos días, en una derrota. Pero mejor es pensar en un sueño. Aquellos minutos lo habían sido, el sueño de descubrir, acercarse, de sentirlo cerca, de beber esa presencia.

Incertidumbre y certeza: ahora estaba cautiva.

Él también parecía volver, replegarse (si es que alguna vez había avanzado) pero como nada llega cuando se lo espera y las cosas importantes llegan cuando no se las espera, entonces, mientras lavaba ropa en un fuentón, sin saber por qué, me di vuelta y lo encontré, de pie, ante el portón del galpón de esquila, mirándome fijamente, detenido en mí, como si lo estuviera a su pesar, porque en sus ojos había una expresión doble: la de una alegría extraña, como si esa alegría viniera hasta sus ojos desde algo muy lejano y muy fuerte, algo enorme que debía vencer para llegar hasta ese lugar donde estaba viéndome y que ese acto de verme lo hacía sentir, contra todo lo demás, muy feliz.

Pero eso es así ahora que lo pienso, ahora que reparo en aquellas primeras veces, entonces sentí una dicha inmensa: la de que me mirara, la de que reparara en mí, y el sueño de que me deseara.

Yo luego me supe bella, luego de su amor (su amor fue triste pero me embelleció; será así, que las cosas tristes nos embellecen y las cosas alegres sólo nos mantienen en lo que somos). Me sentí bella cuando me sobrevino su amor; bella luego, o gracias a lo que sucedió; por entonces me sentía sola, inerme; me sentía fea, triste y predestinada a esa fealdad y a esa tristeza como si fueran un destino. Él me salvó de un destino y me condujo a otro.

El amor era esa barrera, la que me convertía en deseable, en hermosa, en otra, aunque sufriera, ¿pero sufriría? Entonces no sabía si sufriría o no, pero cuando se ama eso es lo que menos importa ante esa otra certeza, la de que se ama. Yo sentía que al amar me esfumaba y desaparecía en él, y que al mismo tiempo me descubría.

Empezó así un momento silencioso: las búsquedas y las escondidas.

28 de septiembre de 1922. Lo esperaba. Lo esperaba todo el tiempo, desde que me despertaba hasta que, en la noche, sentía el viento en los árboles. Esperaba cualquier signo: una mirada, algo que golpeara mi ventana como una señal. A todo eso sobrevenía el silencio.

Ahora que podía darle nombre a lo que sentía por él sólo me quedaban dos caminos: olvidarlo o buscarlo; pero a veces son las cosas las que deciden, y entonces me vi frente a él. Fue repentino. Fue inesperado. Fue sin buscarlo.

Es borrosa la memoria de ese instante. Sólo recuerdo que ahí, en la esquina de una pila de fardos, en el mismo galpón de esquila donde nos vimos por primera vez, me encontré estrechando su cuerpo. Sentía en mis cabellos su respiración y aferrada a la mía encontré una mano muy blanca, de venas muy leves que descendían para desaparecer en aquella claridad; y supe que una cosa es desear, una cosa es esperar y pensar y otra el momento en que esos cuerpos encajan el uno en el otro y descubren la proporción que conocerán siempre, la certeza que los unirá, que será la marca física de ese amor: mi cabeza llegaba a su mentón, sus brazos eran largos, tranquilos pero muy firmes, exhalaba una respiración diferente a cualquier otra y su piel tenía la suavidad que sólo ella podría tener (en el amor no hay réplicas, todo es único). De ahora en más iba a ser así. Otro hombre, entendería después, es también otra proporción, otro modo de abrazar porque aunque alguien no nos estreche, cuando alguien simplemente nos rodea, convertido en nuestro propio contorno, entonces se siente que el cuerpo de un hombre no puede ser otro que ese. Fuera de él no puede haber nada más.

También supe que esa era mi proporción, que otro cuerpo se diferenciaría de ella, que desde ahora todo iba a ser medido por este instante. Un cuerpo era este instante y esta sensación del mío propio de encajar (y fundirse) en otro y que eso era como si estuviese escrito desde el comienzo de un tiempo que había terminado por unirnos (¿podría separarnos de ahí en adelante? era la gran pregunta).

Entonces levanté mi rostro, llevé mis dedos a esos labios finos que bordeaban aquella boca pequeña y los besé. Por primera vez sentí ese roce, dulce y leve mientras sentía que había dejado un mundo para comenzar a vivir en otro y que estaba en un sitio del cual ya no podría volver.

Batán, 2 de octubre de 1922. Los días que vinieron después fueron de esperas, de ansiedades, de preguntas.

Qué sucedería, qué iba a pasar entre él y yo luego de eso.

Pero nada pasó ese día, ni esa noche, ni en el día o la noche siguientes. Fue como si él se hubiese replegado, como si tratara de desaparecer. O había sido un arranque como lo hubiera tenido con otra; o se arrepentía; o simplemente no le veía futuro; o tenía otros planes; o tenía otro amor aguardándolo en vaya a saber qué lugar. Entonces su vida se me apareció como lo que iba a ser siempre: un enigma, hondo e indescifrable, algo en lo que se puede entrar pero que no se puede entender y de lo cual es difícil salir porque se termina cautiva de sus preguntas, de pensar que después de todo era yo quien no podía despertar su interés, que eso era el estado de las cosas, la imposibilidad de despertar el interés de nadie o la certeza de que ese interés era falso, o momentáneo o un sueño.

Todo me pesó aún más; mi vida, las cosas que tenía para hacer y esa extensión del campo, que siempre sentí como el lugar mágico en que todo en mí continuaba, se expandía en esas extensiones: el monte, a lo lejos, el camino, más allá de la casa grande. Yo trabajaba en el campo desde que terminé la escuela, pero ese era mi hogar, el que podía ofrecerme esa paz donde nada brillaba, nada era estridente, nada prometía, pero cuyo silencio solitario me abrazaba, me daba la imagen de lo que yo me sentía ser. Yo también me sentía ser esa paz, esa extensión, ese cielo eternamente abierto a algo.

Pero ahora no veía nada, sólo el galpón de esquila, el borde de la pila de fardos, el camino hacia el rancho de los peones, el de la cocina, las voces. Esperaba ver su cuerpo o escuchar su voz, esperaba que dijera mi nombre. Y las únicas veces en que lo vi se refugiaba en el piso, como esperando poder desaparecer ahí, y esa manera de evitarme era mucho peor que el desearlo y que no hubiese sucedido nada.

Era la sensación de que para él eso había sido un error, algo de lo que arrepentirse, algo que había sucedido pero acerca de lo cual uno quisiera que no hubiera pasado, en esa sensación estaba la de que yo misma, mi vida misma, era un error, algo que hubiese sido mejor que no sucediera.

Mientras persisten, esas sensaciones nos oprimen, nos presentan el borde más estéril de las cosas. Hay un instante, cuando sucede la felicidad, en que sentimos que estamos en el momento justo, en la vida justa; no quisiéramos, no podríamos, ser otros y todo el cielo se expande en nuestro pecho, lo ensancha, nos hace flotar hacia ese cielo porque nosotros mismos somos cielo. Pero en los otros momentos nos sentimos un desecho, un error, una imposibilidad; la de gozar, la de hacer feliz a alguien; y somos nosotros quienes quisiéramos desaparecer bajo el suelo, como sentí que él quiso desaparecer cuando me vio.

Pero el goce de esas sensaciones es cuando uno las puede dejar atrás y sentir que se puede amar y ser amada (y lo que hace esas cosas imposibles de entender es que cuando uno sufre, todo eso parece destinado a otros y no a nosotros, que hemos nacido invisibles, nacido para no ser deseados ni abrazados, sino sólo para esperar).

Por entonces yo creí en ese arrepentimiento de él y me sentí muerta. La diferencia que hace el amor es esa: de ser cielo a ser un refugio aislado bajo tierra, sintiendo en él todo el peso de esa tierra.

Cuando nos enamoramos así, profundamente, cuando la proporción de un cuerpo en el otro es la proporción de todas las cosas (porque todas las otras se comparan con ella: los cuerpos son a partir de ese cuerpo y las cosas son en la ausencia de ese cuerpo, porque en su presencia ellas son secundarias, insignificantes, al lado de lo que sentimos) nos consagramos:

si ese amor es el amor, entonces ya no habrá más preguntas, interrogantes, esperas ni desilusiones; pero si ese amor fracasa, siempre vamos a ser extraños en nuestra propia vida. Siempre vamos a vivirla desde la proporción de esos cuerpos ausentes. Entonces el paso es decisivo.

Pero la vida es algo que nos sucede y hacer planes, formular deseos o simplemente esperar, resulta bastante inútil. La vida se presenta a la cita o no y lo que hagamos no sé si tiene alguna importancia.

Batan, 7 de octubre de 1922. Muchas cosas sucedieron desde entonces.

Si me preguntaran, diría la verdad: fui yo quien lo buscó y no me pregunten por qué; como la vida, es algo que sólo sucedió.

Fue la noche en que, tras vender en la feria varias ovejas y comprar otro carnero de raza, papá hizo un gran asado para todos y ahí estaba él, José Ramón Baleztena, el de Catalinea Borda, a quien yo adivinaba que papá me tenía prometida y no era que no me gustara. Era nueve años mayor (y cuánto mayor podría ser Zacarías). Papá, que era de Bizkaia, lo había conocido por Julián, que había venido en el mismo barco y lo había traído a trabajar al campo, que no era el mismo luego de la venida de él, que se la pasaba bromeando con todo el mundo, por cualquier cosa y todo el tiempo. No parecía haber nada más opuesto a mí. Quizá por eso me gustaba, quizás por eso siempre estábamos tan pendientes de sus respuestas ingeniosas, de la chispa que parecía encenderlo en todo momento y hacer que todas las cosas fueran tan distintas estando él. Era un joven, pero también un hombre para mí muy grande, no sólo en los nueve años, sino en todo lo demás: era rápido para todo, era bueno con los números y veía las cosas antes que los otros. Pronto uno se daba cuenta de que una vez que se lo conocía era muy difícil estar sin él y se lo echaba en falta; y papá adivinaba lo otro, que pronto querría establecerse por su cuenta, pero mientras tanto lo tenía como a un hijo.

Ahora les voy a contar (¿a quién le voy a contar si no escribo para nadie?) tengo un hermano menor (Anastasio) y dos hermanas (Dominga y Manola) que son muy hermosas y tan distintas a mí, y creo que mi papá se da cuenta de que Anastasio no está hecho más que para grandezas, las que él mismo se inventa y que ve a José Ramón como a un hijo y quisiera —aunque nunca lo dijo— que yo sea para él o que él sea para mí.

José Ramón no habrá aprendido a leer ni a escribir, pero sí a hablar el castellano en lugar del euskera, pese a que con mi papá hablaban en euskera. Yo sólo aprendí el castellano en la escuela y hasta entonces pensaba que el euskera era lo que hablaba todo el mundo, pero nosotros no somos todo el mundo, quiero decir que en el mundo de la gente con la que vivimos se habla el castellano y por eso José Ramón lo habla, porque es necesario, es importante, pero no lo es todo. Tampoco el euskera lo es todo.

Pero yo estaba triste aquella noche en la que aún no había puesto los ojos en José Ramón, porque los te-

nía en otra parte, en aquel muchacho que desde un rincón me miraba fijamente sin participar de esa alegría de la cual yo tampoco participaba...

III

La casa con ruedas

Hice una pausa en la lectura. Quería asimilarla, hacer durar la sorpresa y las hojas. Quería saber qué había sucedido en aquella historia cuyo final conocía (¿lo conocía?).

La casilla había venido traída desde el campo con cuatro ejes y ruedas de carro, lentamente, desde la Estancia de Peralta Ramos. Cuánto habrán tardado. De pronto era una imagen como de sueño, la de la casa yendo sobre ruedas por el campo, sus lomadas de pasto verde contra el cielo azul. La forma de la casa recortándose sola contra el cielo, y no podía ser de otra manera.

Los amores hacen fantásticos a los escenarios en que transcurren, por más anodinos que sean; y para mí la casilla era eso, un escenario fantástico, aislado, de silencio, de soledad, pero que se abría hacia algo, hacia un descubrimiento que también era mío.

El comienzo de mi primer amor no había sido como ese, tampoco los rastros de mi último, pero igualmente se remontaban en el tiempo como el de ella.

4 de octubre de 1922. Necesitaba alimentar ese sueño, necesitaba ese calor que me abrazara en las noches, con la posibilidad, aunque fuera imaginaria, de que alguien me amara. Para desilusionarme, para re-nunciar, siempre habría tiempo. En ese momento yo me reducía a lo que sentí al verlo. A veces necesitamos un sueño para vivir.

7 de octubre de 1922. Hoy estábamos bajando leña de una chata para llevarla al galpón de leña, al lado de la casa grande. Cuando miré más allá de la tranquera lo vi de nuevo. Estaba entre los árboles, llamándome con los ojos. En cuanto pude busqué un pretexto para salir hasta la tranquera y llegar hasta él. Estaba como fuera de mí.

Algo me empujaba, me hacía correr ese riesgo. De pronto la voz de mi mamá restalló en el aire: «¿dónde vas?», preguntó. Yo le dije: «A buscar astillas chicas bajo las copas de los árboles para prender el fuego», y seguí de largo. Caminé, caminé rápido y de pronto me encontré ante él. Era la segunda vez que estábamos solos y estábamos juntos; y cuando nos abrazamos me quedé mirando esa mano, blanca y delicada y alcé los ojos hacia su rostro. Era suave, bello y sus ojos traslucían algo intenso; y entonces supe lo que sentíamos y ya no hubo lugar a dudas; y pronto sentí algo más, sentí sus labios sobre los míos, en ese beso en que todas las cosas desaparecieron en esa humedad, en ese calor, en esos labios cuya suavidad avanzaba sobre mi boca y la absorbía y yo misma me perdía en esa sensación y sentí también su cuerpo en ese abrazo furtivo y supe cómo era el cuerpo de un hombre, algo potente y firme, que irradiaba sensaciones nuevas: una solidez, una ternura, espacios por conocer y explorar. Sentía esa textura de su fino cabello negro y era un descubrimiento, el de esas sensaciones en los dedos, en la piel, como si por primera vez la piel se convirtiera en algo muy fino y muy sensible y muy único que puede descubrir y revelar ese contacto de un cuerpo con otra piel y recién entonces podamos entender lo que esa piel significa: un estremecimiento, una potencia, una excitación que nada que no sea ella puede desencadenar.

De pronto, ante una llamada de mi mamá, a lo lejos, él se separó y me dio una tarjeta que puse en el bolsillo de mi delantal. La voz de mi mamá se acercaba y él se alejó y me miró y yo ya no era la misma, ya sabía que mi vida había cambiado, que una edad había concluido y que ahora empezaba otro tiempo, uno de sensaciones, riesgos y esperas. Era una tarjeta con una foto y un poema.

Levanté algunas astillas, una piña y unas hojas y volví para la casa.

Qué poco había conocido de ella. Cómo se puede vivir una vida con una persona y que esa vida pase sin conocerla habiendo tanto por saber, tanto por preguntar, tanto por esperar.

Con esto era como si algo de mí estuviera naciendo. Si ella había nacido al amor así, entonces quizás ahora, ahora que esto que sucedía nos unía tanto, quizás ahora yo también pudiera amar, vivir una aventura y quedarme (y ella, cómo habría vivido su aventura, esa en la que no se pudo quedar, cómo la habrá abandonado). Quizás fuéramos lo mismo y entre nosotras existía un puente misterioso que cruzábamos ahora, uno capaz de ir desde la vida a la muerte y desde la muerte de nuevo a la vida.

14 de octubre de 1922. Noche. Todos se fueron ya a dormir pero yo no puedo, no puedo dormir. Es todo demasiado intenso. Es como si me hubiera convertido en otra. Pensar que alguien pueda gustar de mí, que él hubiera corrido riesgos sólo para verme es algo que no termino de creer.

Todo caminaba y se movía adentro de mí y a mi alrededor. Yo vibraba, me expandía. Era gigante. Era una sensación que brotaba de mi piel y era el pensamiento de sus manos, de ese rostro que ansiaba tocar y cada uno de los rasgos de él se grabó, indeleble, en mí.

En casa no iban a querer saber nada de que me metiera con alguien como él, que no era uno de nosotros, que era un desconocido, que estaba destinado a irse, siendo que mi aita quería a José Ramón para mí. Pero no podía ignorar lo que había pasado. Él ya formaba parte de mí y lo único que deseaba era verlo, que me estrechara entre sus brazos, sentirlo de nuevo cerca.

Tengo una pieza para mí sola. Es mi privilegio por ser la que está en la casa y hace los trabajos en la chacra; y este es un tiempo propio; y a la luz de la lámpara de kerosene, puedo pensar en él cuando todos duermen.

20 de octubre de 1922. Cuántos días sin escribir, pero es que pasaron tantas cosas. En todos esos días yo vivía como en un sueño, como en el aire. Sólo pensaba en él, en verlo de nuevo, en cómo nos las ingeniaríamos para encontrarnos y en qué habría pasado durante todos esos días en los que no había vuelto a verlo.

Nos encontramos dos veces más, de la misma manera, siempre adivinándonos, siempre intuyendo al otro como un animal frágil que habita en los bosques.

Y ahora, ahora está conmigo, ahora puedo tenerlo conmigo y protegerlo, hacer algo por alguien, algo distinto a lo que se espera y también hacerlo por mí. Estamos juntos y no sé cuánto va a durar. Juntos y separados. Es algo que va más allá, que no puedo y no quiero controlar.

Por primera vez lo que vivo me arrastra y me lleva y me hace volar muy lejos, muy alto, y tengo miedo de caer, tengo miedo de después, pero, mientras tanto, lo vivo así, como viene, hasta el fondo.

Llegué al fin de la hoja y no pude seguir leyendo.

Ella, siempre tan silenciosa, tan en un segundo plano, a sus diecinueve años enamorada y con alguien.

Cómo seguiría su aventura de amor.

Deseaba saberlo, pero por el momento no podía continuar. Debía ir haciéndome a la idea de esa, su historia, e ir descubriendo todo eso otro que, de a poco, comenzaba a unirnos, despacio, pero para siempre.

IV

Territorio y aventura

En un momento buscamos tener un territorio, algo donde sentirnos seguros, donde sentirnos nosotros, donde hacernos fuertes y recuperar fuerzas.

Más allá del territorio comienza la aventura.

La casa de Mamina dejaba de ser un territorio para ser una aventura.

Ahí me sentía libre y a la vez protegida. Libre, porque todo en mí se desprendía de lo de antes. Protegida, porque por más nueva que fuese esa sensación ella ya la había vivido.

Yo ya no estaba sola en lo que sentía y entraba, de la mano de Mamina, a algo que las palabras no podían explicar y empezaba a hacer cosas que no podía evitar hacer y a sentir cosas que no podía evitar sentir.

La cocina sin ella parecía mucho más chica y todas las cosas ahí se sentían como si estuviesen tristes. Puse agua a hervir y comencé a andar por la casa desierta. Antes ella era nada más que mi abuela pero ahora comenzaba a vivir, a agitarse en mí; y yo empezaba a buscar mis respuestas en lo que pensaba que pudo haber sido su vida. Era como un espejo que atrasara.

Nuestros contornos se fundirían en un rostro distinto al que hubiéramos tenido de no vivir lo que nos estaba deparado. No tenemos otro rostro que aquel que va tallando el tiempo y aun así no es definitivo. Quizás los nuestros empezaran a combinarse a partir de ahí, atravesados por la historia y por el amor.

21 de octubre de 1922. Él ya no dormía en la habitación de los peones sino en el cuartito atrás del galpón, donde mi aita había puesto los biblioratos con los papeles de la chacra. Entonces fui al galpón a buscar leña. Él leía bajo la luz de la lámpara de kerosene. Le dije que me esperara en la parte de atrás de la casa para hacerlo entrar por la puerta de la cocina cuando todos se hubieran ido a acostar.

Entonces volví a casa, le ayudé a mi mamá con la carbonada y después a levantar, lavar y secar las cosas. Salí un par de veces a buscar agua de la bomba y miraba para el galpón.

Papá y mamá se quedaron al lado del fuego un rato —mis hermanos no viven en la chacra— y yo salí de la cocina diciendo que iba a tirarles de comer a los perros, levanté la lámpara de kerosene para que él se acercara mientras los perros comían, porque si no se iban a poner a ladrar cuando él se acercara. Él llegó hasta la puerta de la cocina y se quedó ahí muy quieto. Se acercó entonces el Comousted, uno de los perros. Era un chiste de papá, le preguntaban cómo se llama ese perro y él decía como usted, ah, yo me llamo tal, decía el visitante y mi papá contestaba, él no se llama así, se llama Comousted y le seguía la broma. El Comousted es un perro lanudo, marrón y blanco y cuando terminó de comer se acercó a Zacarías. Él se agachó y lo acarició. Esa es una imagen que siempre me va a quedar, la de Zacarías en silencio, acariciando al Comousted. En eso vino mamá a la cocina pero a último momento dobló para la despensa, tomó un ladrillo para calentarlo para la cama y un diario para envolverlo y me preguntó: «¿Qué hacés todavía acá?». Le contesté que dándole de comer a los perros. «Apuráte y subí enseguida», me dijo.

Si lo hacía subir a mi cuarto cuando todos estuvieran durmiendo en el silencio iba a ser más fácil oír sus pasos en la escalera. Tenía que hacerlo rápido, mientras mis padres aún estuvieran levantados, pero que no hubiera riesgo de que salieran de su habitación. Una vez adentro nadie iba a buscarlo en casa y para salir podía deslizarse por el tubo de la canaleta, ya el Comousted lo conocía y no le iba a ladrar; y si él no ladraba, Beltxa y Dantzary tampoco le iban a ladrar.

Papá dejó el diario, movió la cabeza para un lado y para el otro, se estiró para atrás y abrió los brazos enormes en un bostezo. «Gabon, Amalia», me dijo y se fue; mamá lo siguió. Apenas cerraron la puerta subimos nosotros, rapidito; y al llegar al piso de arriba, doblamos para el otro lado. El pasillo da una vuelta a la izquierda y otra a la derecha. Hay un depósito de cosas, un baño y mi cuarto para la derecha. Entramos muy rápido.

Creo que únicamente al cerrar la puerta me di cuenta de lo que acababa de hacer, al sentir el crujir de la madera y el golpe del cerrojo enganchándose detrás de mí y verlo a Zacarías de este lado; pero al mismo tiempo sentí que al poner de por medio esa puerta estábamos dejando atrás un mundo y entrando en un cielo que quedaba muy lejos, algo infinito. Y también sentí que ya no era una chica, que había hecho algo de lo que podría arrepentirme toda la vida o que iba a ser el mayor paso que podía dar en toda la vida: ahora era una mujer. No lo era porque fuéramos a amarnos, sino porque elegí amarlo, porque decidí arriesgarme por él.

Y lo que entonces pasó es algo de lo que no se puede hablar. Hablar de eso es traicionarlo, desvirtuarlo, hacerlo descender de ese lugar especial en donde quiero que se quede.

Ella acababa de dejar su territorio y de entrar en su aventura.

Las dos estábamos entrando en a un lugar donde todas las reglas desaparecen.

23 de octubre de 1922. Cómo escribir. Cómo entender lo que sucede. No se puede. Sólo hay que vivirlo. La habitación se convirtió en mi mundo, sus paredes en un abrazo y la puerta en un pasadizo mágico que me conectaba con aquel lugar en el que sucedía la aventura.

Volví a bajar para traerle algo de comer, pan de campo y unas rebanadas de matambre casero y yo lo veía comer y me resultaba algo nuevo unir el amor con la necesidad que él —lejos de los suyos, de su vida privilegiada en Buenos Aires, trabajando en el campo— tenía de mí; y entonces, por primera vez, me pregunté cuál sería su historia. Me di cuenta de que alguien como él no podía estar ahí sin una razón, una muy buena o de mucho peso, una tan pero tan grande que algún día iba a alejarlo de mí o que me iba a alejar a mí del campo, de mis padres y de la cordura.

Luego, mucho más tarde, ya su cabeza dormida en mi hombro, me dediqué a contemplarlo, acostumbrada ya a la oscuridad, y a comenzar ese relevamiento de la piel del otro en que consisten los amores. Los amores son muchas cosas. Son palabras. Son un perfume. Un sabor. Y también otras que, como los ríos, se ramifican, impregnan otras orillas e instalan vida ahí donde no existía nada.

Los amores son saber el contorno de un labio como si fuera una ensenada, infinita y misteriosa, el modo en que un mechón de cabello cae o el ritmo de una respiración dormida y en ese extraño abrazo en el que sentía algo tan nuevo, también sentía que estábamos juntos desde antes de nacer, desde el origen del tiempo y que por esa razón esto estaba sucediendo. Estaba predestinado, estaba escrito. Era inevitable.

Quedaba pensar en los modos que tiene el azar de unir a los que se aman (y de desunirlos, sabría después, y también de volver a unirlos), y la pregunta sobre qué es el amor. Yo no lo sabía. Yo no lo sé porque esas cosas no tienen la forma de preguntas que se formulan y respuestas que se encuentran sino en lo que sentimos, en esa certeza: la de que él es él, la de que él es yo, la de que yo soy él. El amor es un encuentro donde yo sigo siendo yo pero lo soy por dos cosas: porque él es él y porque estamos juntos. Supe, en ese momento, en esa *noche en vela, luego de hacer el amor por primera vez, en esa contemplación del lado derecho de su rostro, el rostro de un cuerpo dormido y entregado, que nunca iba a poder estar de nuevo sin él; no importaba si las circunstancias nos separarían o no. Podrían separarnos, pero no hacer que yo pudiera estar sin él sencillamente porque sin él ya no podría ser yo.*

Esa noche fue eterna, por momentos muy alerta a todas las manifestaciones de él, a su cuerpo, a su piel; y otras, dormitando a su lado. Sentía que debía velar su sueño, hacer que aquella noche nunca terminara porque yo era todo para él. Para dormir estaba el resto de la vida, el resto de las noches, y muchas seguramente sola, muchas seguramente extrañándolo porque intuía que extrañar sería el verbo del futuro como ahora lo era descubrir, maravillar, abrir, abrazar, susurrar, gozar. Gozar es algo que no sólo se vive en los sentidos sino que es más delicado, eso también lo entendí esa noche porque el amor es esa contradicción de algo muy fuerte y a la vez eso, algo muy sutil.

En la claridad (es que la noche era clara o es que mi vigilia, la del acostumbramiento a la noche, a la poca luz, la hacía más intensa) veía a las nubes cubrir las estrellas y pasar y de nuevo desnudarlas y pensaba en cuántos amantes habrán poblado así a la noche y a la luz y cuántos lo harían en adelante y si sus historias serían como la nuestra. La nuestra. Lo nuestro. Qué era lo nuestro: se reducía a encuentros furtivos en el bosque, a un refugio furtivo en mi cuarto, en mi cama, en mis brazos. ¿Sería la vida algo furtivo para siempre? ¿Podríamos algún día salir a la luz? ¿Podría haber luz para nosotros o por siempre moraríamos en los dominios de la noche, dentro de los muros de un cuarto, detrás de una puerta cerrada? Quizá ese fuera el modo del amor de ser en nosotros: la intimidad prohibida, proscripta, la intimidad anhelada.

Antes de que se levantara mamá bajé a la cocina y encendí el fuego con un rescoldo brillante y pequeño, pero aún vivo y caliente (era como yo, algo inadvertido capaz de convertirse en fuego y en calor) y le preparé un café con leche que él debía beber rápido, para darme tiempo a lavar el tazón. Cuántas cosas estaba obligada a hacer por las circunstancias. Eso me aterraba. Era como una ladrona, un ser furtivo, silencioso, que debía engañar. Esa era la parte de la historia de amor que no me gustaba, pero debía aceptar que mi historia era así, que yo había nacido al amor y al secreto en el mismo instante. Entonces, en ese simple detalle de llevar el tazón de café con leche, supe que siempre mi vida iba a ser así, con algo de secreto y de furtivo, con algo cuyas razones sólo yo entendería.

Pensé tantas cosas al leer su diario. Pero una de las que más pensé fue eso de que podemos tener razones que los demás no entenderían y que el mundo de Mamina era muy privado, muy propio (como lo era el mío). Un mundo que ella guardó para sí. *¿Habrían sabido algo sus hijos? ¿Habría adivinado algo su marido de aquella vida secreta? Y si no era así, qué sola debió haberse sentido. Y yo ¿cómo me sentía?*

Ella estaba confinada a su casa, a sus quehaceres, a la dureza del trabajo del campo, a una época en que la mujer contaba todavía con menos que hoy, y al mismo tiempo se permitía entregarse a un hombre a escondidas, enamorarse, seguir ese amor y disimularlo. Ella tenía entonces diecinueve años. ¡Cuántos pueden ser cuando es necesario!

De nuevo debía luchar entre la intensidad de lo que leía y la intriga por conocer su historia. Saber qué sucedió con ellos, si los descubrieron o si se separaron; pero al mismo tiempo, se me hacía imposible leer su relato sin al menos tomar un respiro. Tan cerca me sentía entonces de ella que no podía ya separarla de mí y de lo que yo misma sentía.

De pronto, lo que le sucedía a ella era como un reflejo o un anticipo de lo que podía llegar a ocurrirme.

25 de octubre de 1922. Necesito escribir en mi diario pero no puedo. No puedo porque hoy me urge vivir. Quizá haya tiempo luego de contarlo...

A ella le urgía vivir y al mismo tiempo necesitaba escribir para entender lo que le sucedía.

27 de octubre de 1922. Hoy amanecí sola. Sola y al mismo tiempo llena de cosas, de todo lo que vivo en estos días. Hoy mi cauce desborda. Hoy me parece que soy más fuerte y más poderosa y al mismo tiempo me siento más sola y más desvalida. Ya nunca voy a ser la misma.

La vida me hizo crecer de golpe. Es rara la manera que tienen las cosas de suceder y todo lo que sucede es tan enorme que no me parece que me haya pasado a mí.

Ya podré hablar de esto.

Sigue el viento murmurando en los árboles. Siguen girando las constelaciones más allá de mi ventana, pero yo vivo en otro mundo.

Afuera ya regía la noche, como en el diario.

Pero era una noche distinta. Era una en la que aquella historia ya había transcurrido: sus interrogantes habían sido ya formuladas y resueltas, aunque yo ignorara cómo, y sus posibilidades se habrían consumido en eso que era el futuro pero que en realidad hacía ya mucho que era pasado.

La revelación de ese cómo iba a ser larga y difícil, intuí.

En la noche del diario se cernían el amor, el riesgo y el misterio; y en la de afuera de mi territorio, la oscuridad y las calles.

Cómo proseguirían nuestras historias. ¿Se dormirían alguna vez nuestros perseguidores?

Sólo el tiempo, al germinar en otros días y noches, podría revelarlo.

V

Un mundo lleno de peligros

28 de octubre de 1922. El milagro de las noches se repite, noche a noche, A veces dura hasta la madrugada; otras, hasta una hora incierta y esta madrugada veía su silueta alejarse rumbo al cuartito vecino al galpón. Se recortaba peligrosamente en el cielo claro. Se alejaba. Se alejaba de mí a pasos regulares, silenciosos, en el paisaje de árboles, en las hondonadas, en las ramas caídas, en las hojas, en las cosas que seguirán estando mañana. Se alejaría algún día de mí así, como ahora; me alejaría yo del campo, eso lo pensaba porque todo nos unía pero algo nos separaba, algo que él no acababa de contarme.

¿Cuál había sido su vida antes? ¿Por qué había venido acá?

Éramos poderosos dentro de nuestro amor, pero muy pequeños e inermes en la noche plateada. Éramos un episodio más de algo que no terminábamos de advertir, cuyos alcances desconocíamos. Algo que nos sobrepasaba pero que no iba a ser único. Éramos una respiración y un llamado silencioso en un mundo lleno de peligros. ¿A quién podría importarle nuestro deseo?

Éramos algo enorme que sentíamos y al mismo tiempo no éramos nada en esa maquinaria que se había desatado. De pronto me di cuenta de que el lugar que nos estaba destinado no se agotaba en nosotros, que al cabo del tiempo otros más deberían huir y esconderse en bosques o ciudades, que al cabo del tiempo iba a haber otras siluetas recortándose sobre el cielo plateado y otros que buscaran amarse pero que deberían vivir separaciones y riesgos. Separarse con la esperanza de un encuentro incierto al cabo del tiempo.

29 de octubre de 1922. De pronto era como vivir juntos y mi vida se dividía en la del día, la de la casa, los quehaceres, los animales, la comida, la chacra, la leña mientras pensaba en él e imaginaba que las noches eran un sueño y fue anoche que me contó una historia que es como un sueño y que, como las de las mil y una noches, necesita ser contada en muchas otras noches.

«No quiero que sepas demasiado de mí», empezó diciendo, «no quiero hacerte daño».

Fue peor y de pronto me di cuenta de que ya no soportaba interrogantes, que quería respuestas, que necesitaba saber; por empezar, ¿en qué me podría perjudicar saber cosas de él?, ¿quién era yo para tener ese temor?

Entonces me enojé. Era pensarme algo menos que él el querer tenerme fuera de sus cosas y eso lo hizo contarme, decirme que él estudiaba en Buenos Aires, que sus padres tenían una agencia de cambios en la calle Rivadavia, en el local que era de la Bolsa de Comercio y que un par de años atrás algo había sucedido, algo malo para ellos pero que le cambió la vida a él...

y así empezó a contar una historia extraña, una que nos va a atravesar y marcar para siempre.

A partir de aquello, él empezó a escribir en un diario, La Antorcha, sobre gente, a seguirlos en lo que hacían y que por eso había terminado acá, para alejarse un tiempo.

«Pero vos me querés a mí», le pregunté.

«Te amo», me dijo, «y eso lo siento por primera vez. Todo lo que me pasó con vos me pasó por primera vez y eso también me cambió». Y entonces yo pensé que las revelaciones podían esperar una noche más (que si tenía que irse lo haría no porque no me quisiera sino por otras cosas). Y así empezó el tiempo de esperar: a ver qué pasará mañana, a desear que decida quedarse o decida llevarme; y ese acto de hacerme fuerte ante él terminó en hacerme cautiva de él; yo me daba cuenta, pero no podía ponerlo en palabras, sólo quería que siguiéramos juntos y si el precio era el silencio, habría que refugiare en él hasta que las preguntas crecieran y lo desbordaran. Mientras, era el tiempo del verbo amar y lo conjugaba en la estrecha desinencia de los abrazos, las caricias, las voces dulces de cuando nos llamamos de esa manera que nadie nunca podrá escuchar.

Esa noche no hubo más palabras. Buscaba certezas, pero por el momento me daba cuenta de que nunca encontraría esas certezas que buscaba sino otras revelaciones y otras preguntas que me harían anhelar cosas que no sabía si iba a poder vivir y me bastaba saber que él había abierto esa puerta, que quizás mañana yo intentaría atravesarla y descubrir más, pero hoy no, hoy sólo deseaba seguir explorando los tiempos del verbo amar, su voz activa, su voz pasiva, cuál es una, cuál es otra, si todos nos rendimos al amor.

30 de octubre de 1922. Scheherezade buscaba sobrevivir de una en otra noche con un cuento más y yo no buscaba perpetuar el amor una noche más. No sería esta una historia, como un tejido, capaz de tejer nuestras noches y nuestros mañanas.

Que esperaran las revelaciones una noche más igual que yo lo esperaba una noche más, ahora que era el tiempo del amor, uno que debía subsistir mientras la puerta se abría lenta y firmemente.

El amor. También me había hecho sabia en el arte del amor y lo ejercía desde esa mezcla de descubrimiento y a la vez de sabiduría, como si lo adivinara porque era él que había venido escapando de algo (mejor no saber); él, que se lanza tras sus ideas sin importar los riesgos y puede venir a un lugar desconocido a hacer trabajos de campo, es en realidad muy tímido y creo que nunca antes estuvo con una mujer. Eso lo adivino en vacilaciones que tomo como ternura y en un pudor que tomo como una ofrenda. Algo me indica movimientos y caricias en ese viaje por la piel.

Hay una cama con respaldo de hierro pero solemos yacer desnudos en una alfombra de cuero frente a la salamandra. Es ahí donde aparecen mi seguridad y mi sabiduría y de pronto me siento hermosa, siento que mi cuerpo es hermoso y que yo lo ignoraba porque nunca lo había exhibido para nadie.

Lo veo así, a la luz cambiante del fuego, a la llama de una vela vacilante y al mismo tiempo insegura. Y también lo veo a él. Sin su cazadora, sin sus bridges, sin las botas, parece más pequeño. Lo miro hablar. Susurra dulcemente en mi oído. Acaricia mi cabello, me busca, me revela, hace sonar mis cuerdas y me enseña lo que soy, y yo gozo y lo observo como una maestra y una alumna. Sé la música que le da a ciertas palabras. Sé los contornos de su boca al pronunciarlas y sé sus olores y sus sabores y el leve ruido de sus palmas al deslizarse en mi cuerpo y el de las mías al deslizarse en el suyo. También lo siento en mí, idioma que va más allá de las palabras, las deja atrás y que aprendimos juntos y que hoy hablamos como si conociésemos todas sus declinaciones.

Según si está boca arriba o de costado las iridiscencias del fuego dan a su rostro sombras distintas. El nuestro no es un amor diurno con una sola forma. Es un amor de la noche, del fuego. La pasión del fuego y la leve luz, como si ambas, pasión y leve luz, vinieran de la misma claridad, una que hace que los cuerpos sean bellos, misteriosos y nunca se puedan conocer del todo.

Así, debajo, él está más dentro de mí pero la luz lo baña por un costado y deja lo demás en sombras y mis manos buscan y reconstruyen, a su manera, esa luz que sustrae la sombra y sus manos me buscan y recorren y revelan mi luz ante sus ojos y, cuando está encima, puedo abrazarlo, mis manos pueden subir hasta su pelo, hasta la nuca y puedo estrecharlo más y más contra mí.

A veces pienso que mi mamá, una Hardoy, me tuvo a mí a los diecisiete años, antes de casarse y me pregunto si me pasará lo mismo a mí. Si me pasara no sería una vergüenza sino un orgullo, pero no me va a pasar por ese carácter secreto de nuestro amor, destinado a sí mismo, a la cautividad de sus circunstancias, a consumirse en una llama como la de la salamandra o la de la vela. El nuestro es un amor sólo para nosotros. Nuestro mundo es sólo para nosotros. El haberme vuelto mujer de pronto, en sus brazos, por imperio de las circunstancias pero por una decisión propia, me ha dado esta clarividencia: la de saber que es un mundo que nunca terminará de ser real ni posible de compartir con los demás, de ser visible y convencional. Nuestro amor es un secreto, un mundo, una alfombra frente a una salamandra en un cuarto alejado del piso de arriba. Nunca nada será igual al mundo de los demás.

Fuimos hasta el fin, hasta lo más hondo de la experiencia que nuestro amor nos daba. Intuimos que algo nos separaría y era necesario acumular pasiones para poder sobrevivir después, en el silencio, cuando se hubiera extinguido el fuego. Si yo pudiera huir con él, en la luz del día, ¿lo amaría igual? Podía tolerar la idea de un secreto, pero no la de enfrentar a mis padres con un matrimonio incierto y, además, ¿era eso lo que yo quería?

Luego, mucho antes de las primeras luces, yo me vestía y bajaba, a tiempo para llegar al amanecer. No sabía si había dormido en sus brazos porque la sensación que tenía con él en esas noches era de permanente vigilia. No sabía, al acariciarlo, no sabía, al acariciarme, si era algo real o el sueño de algo real, el sueño que me impregnaba y que hacía que esa caricia se extendiera, se multiplicara, alcanzara los territorios del sueño tanto como los de la vigilia.

«Fue por el asalto al negocio de mis padres que conocí a Wladimirovich», me dijo. Yo puse mi dedo en su boca porque no era un momento para escuchar palabras.

31 de octubre de 1922.

Él me dijo: «Vos eras la que quiso saber y ahora es el turno de escuchar».

Todo había empezado un 19 de mayo, me dijo, cuando sus padres cerraron la casa de cambios y tomaron el tranvía para volver. «Esto lo sé por ellos y por muchos con los que hablé después. Desde hacía unos días mi madre veía que enfrente solía haber dos hombres, uno rubio y otro de unos ojos grandes y penetrantes, de abundante pelo negro. Primero le pasaron inadvertidos pero luego fue como si, de a poco, hubiera comenzado a notarlos y más tarde a hacerse evidente que iban a quedarse ahí a observar, pero a las siete, la hora en que cerraban, ya se habían ido. Uno y otro día vino y se fue, hasta ese 19 de mayo, cuando al tomar el tranvía que los dejaba en la puerta de casa mi madre se dio cuenta de que uno de ellos estaba sentado en el asiento de atrás.

Pero que uno de ellos estuviera en el tranvía y lo de los días previos no era todo. Pronto mi padre advirtió que un auto venía siguiendo al tranvía y que alguien *del auto los miraba a ellos y al que estaba sentado detrás. Eran demasiadas las casualidades y para colmo cuando bajaron en Jorge Newbery y Lemos el que iba atrás de ellos también bajó. Luego todo fue rápido. El auto se detuvo enfrente y bajó el de los ojos negros y penetrantes; entonces el otro, un rubio con cara de polaco, sacó un revólver y les apuntó.*

Mi mamá empezó a gritar y mi papá quedó paralizado, aferrándose al maletín que el rubio le quiso arrancar. Más forcejeaban, él más resistía y ella gritaba más, entonces el rubio se asustó y empezó a disparar mientras el otro se acercaba. Había mucha gente en la calle empedrada. Gente y luz y en esos segundos eternos en que no se sabía qué iba a pasar, pero llegó otro tranvía de la línea 87 y por suerte había dos agentes en la plataforma. Sacaron sus armas y le dispararon al auto. Yo salí de casa al sentir el ruido y alcancé a ver que el guarda del tranvía caía, que uno de los agentes rengueaba y que el rubio salía corriendo a los tiros mientras el auto se alejaba. Entonces fui a auxiliar al guarda del tranvía, un gallego que cuando llegué se levantó sin problemas y encontró entre la primera y la segunda camiseta de frisa que llevaba, la bala que disparó el rubio, que, según dijo la policía después, rebotó en el piso y le dio al gallego, ya sin fuerza. Entonces corrí con la policía que perseguía al rubio que se escapaba hacia la calle Lemos, pero justo en el 225 viven dos policías que salieron enseguida. Todos corrimos. Yo no sabía para qué lo hacía, pero corría igual, sin conciencia del peligro.

Como enjaulado, iba y venía de una bocacalle a otra. Una de las balas de la policía le pegó en uno de los brazos; enfurecido, aunque le estaban tirando, corrió hasta el árbol donde estaba refugiado el policía que le disparó y ahí nomás le pegó un tiro en el pecho y salió corriendo para la carbonería que estaba cerca. Cuando salió el carbonero, una de las balas del policía le dio en un ojo. El rubio, ya sin balas y herido, se refugió en un cantero, ahí lo fueron a buscar y lo sacaron a las patadas».

Abrió los ojos como si pudiera ver las imágenes frente a él.

«Una cosa es contarlo, pero otra es haber estado ahí», me explicó y siguió con su historia... «En un momento, cuando le disparó al policía, me tiré al piso al lado de un árbol. Era extraño ver todo desde ese lugar, por los gritos, escuchar los disparos y luego ver a ese policía ensangrentado, era un muchacho joven —el agente Santillán— sabría después. Yo nunca había visto un muerto y que de pronto las cosas hubieran terminado así era increíble. Lo que yo no sabía es que todo eso recién empezaba.

De pronto la cuadra de casa era como un campo de batalla y ya era bien de noche cuando todos se fueron: el celular con el preso, la ambulancia y los policías. Mi papá había salvado el maletín, pero esa noche no pudimos ni comer ni dormir, nos pasamos hablando sobre lo ocurrido y esperando leer lo que saldría en los diarios del día siguiente, porque también vinieron cronistas de diarios. Era un asalto muy raro, que no se parecía a otros y todos queríamos saber qué había detrás de esas personas, quiénes eran, por qué nos habían elegido siendo que no somos ricos.

Pero ni La Prensa ni La Razón agregaban mucho a lo que ya sabíamos. Por uno de los policías que vivían en Lemos empecé a enterarme, día por día, de todo lo demás. El ruso —que se llamaba Bobby— no lo había pasado muy bien en los interrogatorios. No fue fácil para él, pero igual se las aguantó. Mintió sobre su nombre, su profesión y de dónde era y dijo que estaba sin trabajo cuando se le acercó un sujeto que daba miedo y le ofreció una changa fácil: seguir a un matrimonio en el tranvía y arrancarle el maletín al hombre mientras él los seguía en un auto.

Según la versión del ruso, el tipo lo amenazaba desde el auto. Después, todo se desbordó. Lo que no decía era de dónde consiguió el arma ni por qué nos eligieron a nosotros».

Mientras hablaba, boca abajo, mirando un punto en la lejanía, yo le tomaba mechones de pelo y se los ensortijaba con el índice de la mano derecha; y él, ensimismado en el relato, a veces ponía una de sus manos encima de la mía, y otras, la espantaba como si fuera una mosca que lo molestaba. Me gustaba su voz al contar la historia, era suave pero intensa, precisa, dulce y por más que yo quisiera enfocarme en sus palabras para saber más de él, me distraía escuchando esa música de su voz.

«Fue entonces que los diarios empezaron a hablar de eso como un folletín, y cada día sacaban algo; y aunque mucho no se supiera, en todos lados aparecía alguien que decía haber visto al hombre de ojos negros al que llamaban José el alemán. En lugar de facilitarse, decía el policía de la calle Lemos, la búsqueda

se hacía más difícil; y entonces me hablaba de lo piringundines de la zona del centro, de los cafesuchos y las prostitutas, que todos parecían haber visto a José el alemán.

Sin embargo, un día, me dijo, a la policía le había llegado un anónimo de que el ruso vivía en una pieza, en la calle Corrientes y fueron y la allanaron. El ruso compartía la misma pieza con otro, Boris Wladimirovich, un médico, biólogo y pintor. Hablar con él, imposible, desde el 19 el profesor se había ido al campo.

De pronto todo eso me despertó una enorme curiosidad, ganas de averiguar qué pasaba, de descubrirlo, de escribir sobre eso. Rusos, había muchos. La mayoría llegaron luego de la revolución, muchos exiliados, y seguro que era un hombre de ideas, pero entonces qué hacía en un asalto en el que, además, las cosas se les habían ido de las manos (se les habían ido de las manos o simplemente no les importaba utilizar la violencia, pero eso raro porque los anarquistas nunca usaban la violencia).

Los días siguientes fueron de más hallazgos. La policía dio con unos hermanos, los Caplán, que lo conocían y dijeron que el profesor era muy interesado también en la astronomía y que era amigo de un empleado del observatorio de la Plata. Decidieron que para allá saldría una comisión en un auto; pedí a mi vecino que me llevara. No sé por qué lo hice, pero tuve ese impulso... quería ver qué iba a pasar. El hecho de que fuera hijo de los asaltados ayudó, agregué que era periodista y me dejaron ir con ellos en un Rugby con capota. Fue una aventura. Iban un chofer, dos policías y yo; y una vez en La Plata, se sumaron dos más de la seccional cercana al observatorio. O el profesor era conocido como un hombre de ideas ahí también o su amigo no sospechaba nada de las cosas en las que andaba.

El que iba al frente de la comisión (Villafañe) era de más edad que los otros, muy serio, alto y de bigotes, imponía respeto por su presencia y pronto pudo dar con el empleado amigo de Wladimirovich, un hombre mayor, de anteojos, bajo y grueso, alguien que parecía muy ensimismado en lo suyo, que dijo que sí que lo conocía, que el profesor daba clases de ruso, francés y alemán para vivir y que pasaban horas en la observación del cielo, porque le interesaba mucho la astronomía, y siempre había ido solo. Eran horas las que les dedicaban, fascinados, a las estrellas. Agregó que le había dejado dos valijas porque se iba, no sabía a dónde, pero que el que sí podía saberlo era Juan Matrickenko, un ucraniano que vivía en Beriso, y era un chofer que muchas veces lo llevaba.

Cuando la policía abrió las valijas, encontró en la primera libros, cosas personales, fotos. Por una de ellas reconocí al hombre del auto, durante el asalto, y más tarde mi mamá reconocería al mismo hombre como aquel que la observaba los días anteriores al 19 de mayo. La otra valija estaba llena de diarios, panfletos y publicaciones anarquistas. Todo cerraba. Ya todo eso explicaba lo extraño de ese golpe hecho por ladrones que eran distintos a los otros ladrones. Lo que no se explicaba era cómo se les ocurrió hacer semejante asalto.

Esa noche lo escribí todo, desde el asalto a lo de los días posteriores y también lo del observatorio, y me fui al diario La Protesta porque pensé que les iba a interesar lo que tuviera que ver con los anarquistas; pero ahí me dijeron que no querían saber nada de bandoleros, que si eran anarquistas no le hacían ningún favor a la causa; y entonces me fui a La Antorcha, donde me aceptaron el artículo. Tanto les gustó que me pidieron que siguiera escribiendo para ellos sobre cosas así, preferentemente a medida que iban sucediendo, pero que me iban a dar una credencial falsa de La Razón, porque si no me iba a hacer sospechoso para la policía».

De modo que no era un revolucionario ni un anarquista, ni un asaltante. Entonces por qué escapaba. Aunque no pudiera contestarme esto todavía, al menos sentía que las cosas empezaban a aclararse, que estábamos entrando en una zona nueva y eso, por esta noche era suficiente. Ya podíamos dejar a La Antorcha, al profesor y al observatorio de La Plata. Todo eso parecía tan lejos del fuego, de la salamandra, de la noche y de nuestros cuerpos; lejos aunque los atravesara y por eso ya era suficiente por esta noche.

Una sensación me decía que había que aprovechar el tiempo, que algo sucedería, que posiblemente ese tiempo fuera poco y que debíamos vivirlo en nuestros cuerpos.

Entonces lo hice girar hacia arriba y mis manos poblaron ese rostro cuyos contornos, cuyas sombras, se destacaban con la luz del fuego y la magia de la noche imperó en el silencio de las palabras.

1 de noviembre de 1922.

De modo que era eso (¿era eso? ¿o esa era simplemente una versión de algo que no decía?). Aquella noche transcurrió como las otras, fuera del tiempo, fuera del mundo, y, como en las mil y una noches, él retomó el cuento la siguiente.

«Ruíz, el vecino de Lemos me avisó lo de Beriso, que iba a ser ese día. Cuando Villafañe, el hombre alto de bigotes, averiguó a dónde vivía Matrichenko, fuimos en el mismo Rugby, ahora yo como cronista. Era una casa con un jardincito al frente, con macetas, una galería al costado y al final un galpón; adelante del galpón estaba el Whippet con el que hacía los viajes. Él era un hombre grueso, de mediana edad y muy amable. Villafañe golpeó las manos en la puerta de hierro de entrada y el hombre miró desde el pasillo, como asombrado. Llevaba unos anteojos con marco negro y se pasó un pañuelo sobre la cabeza calva mientras, cavilando, se acercó a la puerta preguntando qué querían. Estaba sorprendido, pero no nervioso. Al verlo así, grande, ingenuo, y abstraído en lo suyo, Villafañe, en lugar de darle a entender que sospechaba, le habló del profesor y del amigo del observatorio. «Vea», le dijo, «lo molestamos porque el señor Páez, del observatorio de La Plata, es amigo del profesor Wladimirovich y hace varios días que no lo ve. El profesor le dijo que iba a ir el martes, pero no fue ni lo llamó», agregó que él tenía miedo de que hubiera sido raptado y que estaba muy preocupado por él, y que no sabía si tenía familia u otros amigos. «Quédense tranquilos», respondió, «está en la quinta de un amigo mío en San Ignacio, Misiones. El profesor quería descansar, alejarse un poco

de la ciudad y le recomendé a mi amigo. El que lo llevó es Luis Chelli, un chofer amigo suyo». «¿Y dónde vive Chelli?», dijo Villafañe afectando indiferencia. «En el bajo, en la calle Tres Sargentos, a ver, tengo el papelito por acá», respondió el ucraniano. De ahí fuimos en el Rugby hasta el bajo, yo encantado con la primicia. El auto iba rápido, esquivó el carro de un verdulero en una esquina de Gaona y se le atravesó a un tranvía ya en la avenida Córdoba; y cuando llegamos, Chelli estaba tomando mate en la galería de la pensión, delante de su pieza, y por un momento miró hacia el fondo como para tratar de huir y Villafañe le dijo: «Es inútil, hay más hombres afuera». Y eso funcionó. Chelli, un rubio bajito, de unos treinta años, no se resistió. Yo enseguida lo reconocí como el que manejaba el auto el día del asalto. Todo fue muy rápido, lo esposaron y comenzaron a allanarle la pieza, que estaba llena de panfletos y publicaciones anarquistas.

Esa noche, con toda la excitación, me tomé un tren para Misiones donde seguro que al día siguiente iban a detener a Wladimirovich, llevaba una nota de Villafañe y la credencial de prensa, era mi primer 'trabajo'. Cuando llegué no me dejaron verlo, aunque igual pude hablar con los pesquisantes que lo detuvieron y la verdad que ellos pensaban que debería haber algún error, que ese hombre no podía ser un asaltante y que cuando llegaron a la quinta se había sentido como sorprendido, como preguntándose qué hacía la comisión ahí. Alcancé a verlo cuando lo llevaban, incomunicado, al patio de la comisaría.

Con el tiempo yo lo visitaría en la penitenciaría y podría hablar mucho con él; mientras tanto, como su detención había causado tanto revuelo en San Ignacio, la comisaría era un hervidero de gente y luego lo insólito: cuando la comisión al mando del comisario Foppiano debió partir a Buenos Aires, el gobernador decidió acompañar al preso, para tener tiempo de seguir hablando con él, que había sido catedrático de la Universidad de Zurich (papá y mamá fueron asaltados por un catedrático de la Universidad de Zurich, quién lo hubiera dicho) y que vino a parar acá luego de un largo periplo, por Rusia y por Argentina; y yo me preguntaba cómo habría sido todo eso.

El viaje se hacía muy largo y siempre había alguien que, aunque estuviera incomunicado, quería hablar con Boris. Yo lo miraba desde el extremo del vagón, él estaba en el centro y parecía siempre a la vez muy despierto y como ajeno a todo. Igual pude acercarme, en un momento en que el ministro se había ido a su camarote y quedaba un solo hombre de la custodia. Le mostré mi carnet y le dije que era hijo del matrimonio asaltado en Buenos Aires, que sólo quería acercarme y verlo. Él me miró con unos ojos negros grandes, profundos y escrutadores, inclinó la cabeza en un saludo. Era un hombre muy fino y todo en él parecía hondo, intenso, urgente y aceptaba esta condición de inmovilidad con una tristeza enorme. Sabía lo que otros ignorábamos, que era el principio del fin para él, que vivió una vida de entrega a su causa, una vida de estrecheces, pero libre, y se daba cuenta que de algún modo la había disfrutado, pero que todo eso acababa de terminar, que ahora algo muy terrible empezaba.

Tuve que esperar mucho, sin embargo, para poder hablar con él y luego nos seguimos escribiendo cuando lo mandaron a Ushuaia. Mientras, seguía el viaje y yo recopilaba todas las notas que podía en base a lo que me decía Foppiano y los que lo llevaban. Una vez en Buenos Aires fueron a verlo el ministro del Interior y un grupo de legisladores yrigoyenistas, aunque estaba incomunicado. Tanto era el interés que despertó.

En Buenos Aires, por esos días, empezó a desencadenarse una especie de fobia y odio generalizado a todo lo extranjero, a la revolución, a los rusos, a los anarquistas. Después de las huelgas de enero, y de todo lo que sucedió, el asalto a la casa de cambios parecía haber alimentado una especie de fuego que susurraba: a todos nos puede pasar, no hace falta ser los astilleros Vasena. Se puede tener un comercio y ser víctima de los rusos. Todo eso se había desatado; eso y el pensar que para qué querían la plata sino para fabricar bombas y hacer atentados; así pensaba la gente en ese momento y cuando yo finalmente pude hablar con Wladimirovich en la penitenciaria. Una vez que la fascinación de su figura se hubo disipado como una nube, siguió lo otro, la cárcel, los castigos».

«Pero ¿qué tiene que ver todo eso con nosotros, con el hecho de que te hayas venido, si sos nada más que un cronista de la historia?», le pregunté. «¿Qué tiene que ver todo esto con nuestra vida?».

«Bastante», me dijo, «porque Boris me cambió la vida. Cuando me dejaron verlo, cómo decirlo, me encontré con un hombre muy delicado, muy cumplido,

muy atento pero a la vez ausente, hundido en cavila-
ciones profundas, inaccesibles, y nada de lo que le pa-
saba parecía importarle más que en cuanto pudiera
afectar a la causa».

«La vida de un propagador de ideas está sujeta a
estas contingencias», me dijo, «y nada de lo que pueda
pasarme a mí me importa demasiado».

Luego, mirándome a los ojos, añadió:

«Sí, me preguntás cuánto tiene que ver conmigo y
con nosotros, mucho, mucho tiene que ver. De él
aprendí que, aunque sean equivocados los métodos,
hay una fidelidad a las cosas, a las ideas, y para mí,
ahora, a vos, a nosotros, a nuestra vida, por eso me
resistí a este amor que ahora me lleva igual que las
ideas y no sé para dónde».

Pero luego regresó a su historia.

«Aquella vez Boris me dijo, cuando le pregunté
qué lo trajo a la Argentina, que fue precisamente un
amor —como el nuestro— el que le tuvo a su esposa
que había muerto. Él era un noble y ahora, sin ella, no
le interesaba seguir en Rusia, no le interesaba la no-
bleza. Lo único que lo motivaba era luchar por un
mundo más justo, por cualquier medio. Esta fidelidad
al dolor, al amor y a las ideas me abrió una perspectiva
nueva. Ella había sido una obrera revolucionaria y él
renunció a su abolengo por su amor y luego donó su
casa a la causa y decidido alejarse, después del fracaso
de la revolución de 1905 y de sus discusiones con Lenin
(de Trotsky, ese comisario de policía, prefería no ha-

blar). Él, que era médico, biólogo, pintor y hablaba varios idiomas, que era profesor, lo dejó todo para buscar un lugar donde predicar sus ideas».

Como Scheherezade, yo buscaba que el enigma prosiguiera y esa noche ya no quería oír hablar de Boris sino recorrer, una vez más, aquella geografía de un cuerpo. Pronto las palabras cedieron su lugar a otro idioma, el de los susurros, el silencio y el leve sonido de una piel reconociendo a otra piel.

2 de octubre de 1922.

Fue un día largo, como lo son todos, abrumada por el sueño, el cansancio, llena de felicidad y al mismo tiempo de preguntas, mi vida se arma de otra manera, tiene otro eje y la chacra, mi ama, mi aita y las tareas del campo son como una especie de bruma irreal. El día mismo es ese sueño que me desliza hacia la noche y por la tarde, luego del almuerzo, trato de recuperar esas fuerzas que el amor y la noche me quitan. Empecé a esas horas, lo hago hasta el segundo antes de quedarme dormida por unos momentos, esos en los que recupero fuerzas, a escribir este diario, a guardar sus hojas en la caja de madera que, con unos chocolates enviados desde Buenos Aires, le había llegado a él una tarde y que él me regaló. Es como un baúl para mis pequeños tesoros.

Ahora mi vigilia es la de la noche y el amor ha pasado a ocupar el lugar de lo real. Ahora, como si yo le hubiese activado un mecanismo que no se podía detener, él no podía dejar de hablar de Boris, preso en Ushuaia.

«Es que, ahora mismo, los que hacen profesión de fe en esas ideas, van por los campos con un atado, un par de libros, un plato de chapa, y no mucho más, hacen algún trabajo, subsisten y difunden sus ideas; y eso es gracias a hombres como Boris».

«¿El que asaltó a tus padres?», pregunté.

«Sí, asaltó a mis padres. Bobby —el rubio que disparó es un ruso que se llama así— los podía haber matado o podrían haberme matado a mí o a cualquiera. Ellos no retroceden, no se detienen, no son como vos o como yo. Así como entregan su vida a la causa así también les da lo mismo que los otros vivan o mueran, o sacarles lo que ganaron en una vida entera de trabajo y hacerlo así, con violencia y sin remordimientos».

Y luego se envolvió en su relato, como si estuviera en ese preciso momento.

«El tren finalmente llegó y luego hubo una seguidilla de trámites y por unas semanas lo perdí de vista. Iba todos los días, comencé a descuidar los estudios, esperaba, preguntaba, golpeaba puertas hasta que, finalmente, pude verlo en la penitenciaría. Hablaba y escribía bien el castellano. Las cosas estaban mal para ellos. Un policía había resultado muerto. El Jockey Club realizó una colecta para la familia del policía. Recaudaron dos mil pesos, nada menos. Eso, la impresión por el policía muerto por anarquistas, y el odio a los rusos era el telón de fondo, el clima de las cosas.

Fue en esos días que me contó la historia de su vida. Boris era escritor, escribió libros de sociología y dio muchas conferencias sobre la causa, durante mucho tiempo, pero su mirada no estaba en lo que era o en lo que hacía tanto como en lo que podría hacer. Yo fui a escribir sobre un bandolero y me encontré con un hombre que, desde que llegó a la Argentina logró sobrevivir dando clases de ruso, haciendo traducciones, luego de gastar lo último que le quedaba de su fortuna familiar, ayudando a gente exiliada, como él. Dejó veinticuatro pinturas, un autorretrato, entre ellas. Vivió primero en Santa Fe y recorrió el campo. Ahí supo del estallido de la guerra mundial. Eso, el dolor por su amor perdido, el exilio, lo llevaron a beber más y más vodka. Cuando supo del estallido de la guerra volvió a Buenos Aires. Fue recibido como un intelectual de la revolución. Era como un apóstol: él lo había dejado todo, había discutido con Lenin, se había enfrentado con Trotsky: era una especie de héroe.

Algo pasó entonces: los atentados de la liga patriótica contra los barrios de los israelitas, a los que les llamaban los rusos, y la proclama de que había que degollar a todos los rusos. Ya en el campo Boris conoció a los escuadrones de la liga patriótica, formados con hijos y sobrinos de estancieros que se armaban contra los peones y los obreros federados, que los combatían y los cazaban como animales y lo que quería era concientizar a los rusos, a los obreros. Darles cultura, información, disciplina. «Los que vienen», dijo, «son de lo peor. Son indisciplinados, no tienen principios, no tienen ideas ni organización y los de Carlés los van a eliminar como a moscas».

«Era preciso concientizarlos», me explicó un día mirando a un punto en el vacío, ya definitivamente derrotado. «Yo no veré el triunfo de mis ideas, pero llegará, esto es tan injusto que no puede durar para siempre».

«Para eso era necesario fundar un diario y él ya no tenía dinero. «Para fundar un diario», dijo, «o se puede contar con los centavitos de cada obrero, pero cómo hacerlo sin poder imprimirlo para venderles; o si no a lo grande, con un golpe de donde se pueda sacar mucha plata».

Por eso dieron el golpe. Chelli conocía a mis padres, él le dio el dato. No era un banco importante, no se presentarían grandes riesgos. De lo único que se trataba era de arrebatar un maletín y huir, pero las cosas se complicaron. «En esto, siempre se pueden complicar las cosas», le dije, pero él no respondió, él no entendía demasiado lo que pasaba por fuera de su mente. En esa entrega a la causa había también un gran egoísmo: el de pensar, el de sentir, el de tener por cierto que lo que planearan sería correcto, estaría bien y que eliminar a todo lo que se interpusiera era algo que simplemente tenían que hacer. Así tuve también una gran lección: la de que no se puede silenciar a los otros, la de que hay que escucharlos, entenderlos, y no simplemente hacer lo que uno piensa que es lo mejor, lo correcto, porque somos uno más y no podemos arrogarnos tener la voz de los otros, no somos lo único, aunque se tratara de luchar contra las legiones de Carlés y la liga patriótica.

Hablamos mucho, de acciones, de entrega, de renuncias. Luego fui retomando lentamente los estudios y Boris fue quedando solo en su celda de la penitenciaría, hasta que lo sentenciaron, primero a diez años (a Bobby le dieron veinticinco por asesinar al policía Santillán, a Boris diez por su cooperación y uno a Chelli), pero la cámara revocó la sentencia y condenó a muerte a Bobby y a Boris; pero como el fallo fue dividido, debieron conmutarlo por prisión perpetua, que Boris iría a cumplir en Ushuaia. Pero estaba escrito que iba a volver de ahí para cumplir otra venganza. Mientras, había sembrado en mi mente sus ideas, o mejor dicho, la parte de sus ideas que podía crecer y arraigar en mí, pero eso es otra cuestión».

Un capítulo de la historia había sido contado, pero restaban más, ¿qué habría en ellos?

No importa a dónde nos condujera la historia, la noche aún nos pertenecía y debíamos agotarla. Agotar ese tiempo mientras fuera nuestro.

VI

La partida

Sentí y pensé mucho en lo que iba leyendo.

Es difícil poner todo eso en orden. Era descubrir algo desconocido e íntimo de una vida. Algo que fracasó o que si no lo había hecho por lo menos era algo que no se podía mencionar, que no participaba del rango de las cosas cotidianas: o porque fue un desastre (si es que lo fue) o porque era tan pero tan distinto a lo demás que siempre estaría fuera de lugar.

Yo misma, como seguramente ella, me sentía fuera de lugar en el mundo, en cada sitio, sentía también que no encajaba en ningún espacio y que Mamina trató de hacernos creer que sí encajaba dentro de esa vida doméstica en que la conocimos.

Pero lo que más pensé era en qué debía hacer con ese manuscrito, con esas vivencias tan suyas, tanto que otros no lograrían entender y también que todo viene a destiempo, que dialogamos con los seres, descubrimos sus pistas cuando ya es tarde, que la existencia es algo que no sabemos aprovechar y que transcurre y termina demasiado pronto.

Todo era tan increíble que hablar de eso, tratar de reducirlo a palabras era como traicionarlo, que esa historia debería ser contada con el mismo pudor con que fue escrita y mantenida en secreto durante tantos años;

contada de otra manera, no a los más cercanos, para los que siempre parecería increíble, sino a otros que no la hubieran conocido y pudieran imaginarla viviéndola. Después de todo, en su actitud existía un pudor que no permitía dar todo eso a conocer. No destruirlo, pero tampoco revelarlo y yo debía respetar esa voluntad implícita; pero al hacerlo, yo estaría ejerciendo una prerrogativa, la de decidir lo que otros podrían o no saber. Entonces pensé que si ella no lo reveló yo estaba legitimada para callar, que era necesario que su historia fuese conocida, pero que hablar de ella en términos simples era traicionarla.

3 de noviembre de 1922.

¿Quiénes son esos anarquistas para tener tanto poder sobre él? Esto es de esas cosas de las que no se habla en el campo, donde lo único que hacemos es trabajar. De pronto llegan a mi vida para traerme y a la vez robarme lo único que es verdaderamente mío: al único hombre que llegó hasta mí.

Me sentí defraudada. No quise verlo esa noche.

Sin embargo, fue cuando más lo extrañé. Él buscaba mis ojos, buscaba esas secretas claves de nuestros encuentros; pero aquella noche yo no quería, no podía, escuchar de Boris, de los hombres de ideas, de todo lo que pasaba fuera de la chacra, el fragor de ese mundo de robos, disparos, escapes, exilios y decidí ignorarlo, decidí tratar de volver a mi propio eje, ser yo misma.

Pero no pude.

No podía conciliar el sueño y lo único que sentía era ese vacío de su cuerpo en mi cama, entones supe que yo también estaba entregada a una causa. Era mía y no lo era. No lo sabía. Lo que sí sabía era que ya no me pertenecía a mí misma, que mi elección era él, que no necesitaba, que no podía sentirlo lejos, no podría no decir su nombre ni oír el mío de sus labios, porque yo me había convertido en otra ahí, en esa habitación, en sus brazos.

Aunque internarme en lo desconocido fuera peligroso, debería hacerlo, porque había dejado de ser yo misma. Algo en mí se había abierto, como una flor, y madurado así, inesperadamente.

Yo ya no decidía sobre mi propia vida y lo amaba.

4 de noviembre de 1922.

Me asusta el modo en que lo extrañé todo el día, toda la noche. Me asusta el modo en que lo necesito. Pero al menos por ahora seguimos juntos, sin importar lo que podría pasar mañana.

Algo parece seguro: yo voy a perderlo, no sé por cuánto tiempo, o si lo perderé para siempre y ahora entiendo que no me asusta y que no me sorprenderá ese momento, el de verlo partir, porque a la vez que el amor se revela ante mí, también me prepara para la ausencia. Cuando lo hemos perdido todo somos invulnerables, ya no hay nada que arriesgar y está todo por hacer.

Intensamente nos amamos, como para resarcirnos de la ausencia del día, de aquellas cosas que antes o después irían a separarnos y mi curiosidad renació y él me contó más cosas.

«Esos días fueron de gran agitación, unos buscaban seguir luchando por sus ideas, profundizar esa lucha, hacerla más radical, más violenta; otros querían aplastar esa sedición, terminar con todos los ácratas, con el peligro de una revolución. La condena de Boris era como la de un empleado de Gath y Chaves al que le dieron dos años por incitar a la huelga, o a esos otros obreros a los que por golpear a un carnero los condenaron a ocho y diez años. Buenos Aires hervía, hervían las calles y cada día pasaba algo en esa lucha y lo que me apasionaba era captarlo. Así, vi muchas cosas. Cuando Wladimirovich fue enviado a Ushuaia seguí escribiéndole y él me contestaba. Eran cartas sorprendentes, en un castellano muy correcto, pero las censuraban y pronto me hicieron sospechoso, eso y que escribiera en el diario más de izquierda de los anarquistas, La Antorcha. Supe, no por Boris sino por Roscigna (ya te contaré de él) que cuando Wladimirovich supo que Pérez Millán Temperley, de la liga patriótica, había asesinado a Wilkens mientras dormía, decidió vengar esa muerte.

Como Boris, Wilkens se había exiliado, había dejado Alemania también por un amor frustrado. Pero nosotros nunca nos separaremos, no nos exiliaremos porque el nuestro no es un amor frustrado. Cuando trabajó como peón en el sur y supo de la represión obrera decidió vengar a sus hermanos. Entonces se aisló, para no comprometer a otros, consiguió que Vazquez Paredes le fabricara una bomba, y asesinó a Varela, que comandaba el ejército que reprimió a los huelguistas. Así como los jueces condenaban a los anarquistas a muchos años de prisión, así también protegieron a Pérez Millán Temperley, que se hizo pasar por loco y lo enviaron al hospicio de Vieytes.

El último capítulo de la historia de Boris estaba por comenzar. Cuando supo que el asesino de Wilkens estaba en el hospicio de Vieytes él también se hizo pasar por loco. No le fue fácil, pero eso, junto a su insistencia y a su enfermedad hizo que terminaran por mandarlo ahí. Parecía mentira que con todo lo que se vivía hubiera podido lograr ese propósito y pienso que si hubiese abrazado cualquier otra causa, o si se hubiese propuesto cualquier otra cosa hubiera podido lograrla porque era tan arrojado como demente y persistía en las dos cosas, en el arrojo y en la demencia. Porque la verdad es que ser así de persistente en aquella venganza era en sí una especie de delirio.

Lo logró. Logró llegar ahí, pero lo pusieron en un ala distinta a la de Pérez Millán Temperley, que además tenía una atención preferencial, no le faltaba nada, era un preso de lujo. Pero igual se las ingenió.

Se hizo amigo de Lucich, un loco lindo que llevaba muchos años ahí y que cumplía distintos servicios para el personal. Tanto machacó que terminó por darle un arma que había conseguido de otros anarquistas que iban a visitarlo. Para ellos, la venganza por Wilkens era un símbolo, era matar al asesino de aquel que había dado su vida para vengar a sus hermanos.

Le dijo bien lo que tenía que hacer y finalmente Lucich fue con el arma, le golpeó la puerta, le dijo: «Esto te lo manda Wilkens», disparó y lo mató.

No pudieron hacerle nada y aunque nunca se pudo probar que Boris había sido el instigador todos supieron que era él, pero ya estaba muy enfermo, su parálisis avanzaba y murió poco después; ya no pude volver a verlo».

Realmente si él era cronista de todas esas cosas y las contaba como hazañas no podía esperar a que siguiera mucho tiempo conmigo; antes o después iba a seguir el llamado de la acción y, aunque me extrañara, se iba a ir.

Eso lo supe entonces.

5 de noviembre de 1922.

No hemos vuelto a vernos durante estas noches. En parte quiero volver a la vida normal, a la de antes, en parte no quiero exponerme al peligro de que nos descubran. Yo sé que mis padres no lo aprobarían, que no quieren eso para mí y que si me rebelo el precio será alto: ellos son la chacra, el campo, eso a donde siempre se puede volver, eso que estará ahí para siempre; y él es ese amor de las noches, esas ideas, esa agitación. Eso que no puede durar.

Él me busca y ahora soy yo quien le rehúye.

Pero es inútil, lo que siento por él no disminuye por nada. He logrado cierta tranquilidad, cierto orden en mi vida, pero nada más.

6 de noviembre de 1922.

Hoy vino Julián con una carta para él. En la tarde me siguió hasta la cocina, me dijo que tenía que verme.

El tiempo se había terminado.

Esta noche volvimos a vernos.

«Yo decidí alejarme porque empezaron a se-guirme, tuve miedo y también quise trabajar en el campo, conocer a otra gente, pero allá siguen pasando cosas y quiero volver, ver qué sucede y venir a buscarte apenas me afiance en algo. No me falta mucho para terminar mis estudios, pero no podría vivir sin vos».

Yo fingí creerlo. Quería que esa noche tuviera el mismo hechizo que las otras, quería gozarla hasta el fin.

Fue así, fue la más extensa porque cada minuto era precioso, más hondo que el anterior y varias veces traté de convencerlo de que lo dejara todo y nos que-dáramos juntos, que mis padres acabarían entendién-dolo, aunque no fuera fácil (sabiendo que posiblemente no fuera así) y él sonreía y decía que sí, que una vez que pasara esto dejaría todo y yo me daba cuenta de que no, de que eso era su vida; entonces sólo me dedi-qué a lo que podía hacer mejor, a lo que podía hacer en ese instante: darle algo que lo hiciera extrañarme, que lo hiciera pensar en que había algo más que sus ideales, que —a diferencia de sus héroes— alguien lo amaba y lo necesitaba; alguien que necesitaba que re-gresara al irse. Debía darle razones poderosas para volver y para vivir. Razones poderosas que, aunque no sirvieran para que renegara de sus ideales, sí le dijeran que, más allá de ellos, había una vida por vivir.

Desplegué las sensaciones como un viaje y como una táctica. Libraba yo mi último y silencioso combate, uno en que el escenario era una piel y las armas unas manos, una boca y sensaciones. Recuerdo, de esa larga noche, aquel momento en que, tras el amor, él giró y quedó de espaldas a mí, y mis manos viajaron por esa espalda y mi rostro que buscó su nuca, sus cabellos, mientras lo abrazaba, pero casi no recuerdo palabras. Quizás no decía palabras, quizás las palabras habían naufragado y quedado atrás en ese otro lenguaje de la piel y las sensaciones. Me sentí inmensa, poderosa. De pronto tenía una razón mía para vivir y esperar y mi vida pasaba a ser eso, vivir, esperar y no sólo la cha-cra, los trabajos, los días. Ahora se abría otra dimen-sión, la de la noche, la del secreto.

Creo que aquella última noche bebí su cuerpo hasta que fluyó hacia mí y circuló por mi sangre.

Un último desayuno al amanecer y un último abrazo fueron los últimos momentos de ese, nuestro ri-tual de las noches.

Así lo vi partir aquella mañana en que su silueta se recortaba contra la luz en el naciente cielo.

Qué sucederá, pensé.

VII

El bosque de ladrillos

Extrañándote en Buenos Aires. Es poco el tiempo que estuve afuera, pero es a la vez una eternidad (por lo que sentimos, por lo que anudamos, por lo que descubrimos) y en medio de esa eternidad Buenos Aires ha cambiado. Cambia permanentemente, hay lugares enteros de la ciudad que son demolidos para edificar otros. Es la metamorfosis donde también surge una sociedad nueva, con nuevos conflictos, nuevas personas, nuevos lugares de donde llegan incesantemente.

Buenos Aires da la imagen de algo que se derrumba y renace en nuevas calles, nuevos edificios. La ciudad es como un tejido que se desteje y se vuelve a tejer de una mañana en otra y, como si eso fuera poco, todos los días pasan cosas, cosas violentas, y la calle es como un escenario o una enorme página.

Recién hoy encuentro tiempo para escribirte, para decirte además lo que extraño nuestras noches, el campo, esa paz, ese silencio, acá que todo es fragor, ruido, que todo es lucha. A dónde irá a parar esa lucha.

En este poco tiempo pasaron tantas cosas y es tan necesario captarlas, escribirlas, entenderlas. Ya no es tan fácil explotar a la gente como hace unos años. Por todas partes florecen movimientos, luchas, ataques. Si no son las ideas es la acción directa, para una cosa los diarios y para otra los atentados, los golpes, las huelgas: los obreros de la Patagonia, los portuarios, los de la forestal y si por un lado hay una división de orden social, de la policía encargada de reprimir de cualquier manera, siempre está pasando algo nuevo en la calle.

Si al menos aceptaras venir, irnos a una pensión (de alguna manera nos arreglaríamos) y estar juntos, podrías vivir conmigo todo esto, ayudarme, ser alguien que haga que valga la pena tener un lugar a donde vivir y regresar cada noche o cada mañana.

No me respondas ahora, pero en algún momento voy a volver a buscarte, a estar con vos, a seguir con este sueño de traerte.

Todo es agitación en Buenos Aires, por Sacco y Vanzetti; por los presos de Viedma, por Ascaso, Jover y Durruti.

No sé qué diarios llegarían al campo y si sabrás lo que estaba pasando, como lo de los presos de Viedma y lo de Sacco y Vanzetti, que es algo muy parecido.

Por entonces, después de un tiempo en el campo todo parecía acelerarse y reclamaba del cronista ser contado porque era así, rápido, injusto, y no podía dejar indiferente a nadie, como lo de la diligencia del correo que es asaltada en Río Negro. Apenas hecho el atraco, como la policía no tenía pistas culpó a tres anarquistas que estaban juntando leña para hacer un asado. No tienen nada que ver con el hecho. Es igual a lo de Sacco y Vanzetti, a quienes meten presos por ser anarquistas, pero a diferencia de ellos, los presos de Río Negro no tienen contactos, ni relaciones públicas ni un movimiento internacional que se organice para defenderlos, pese a que la agitación por ellos es muy grande.

Cuando Zacarías se entera, ya uno ha muerto por la tortura. Primero ha estado internado en el hospicio de Vieytes y a todos terminan condenándolos. Es el momento de luchar, piensan, de otro modo la tortura, el asesinato, la persecución serán lo habitual en el futuro. Hay que desterrarlo —se dicen— por cualquier medio, establecer una sociedad donde no haya torturados ni oprimidos. Eso les da fuerza a la lucha y a la crónica.

Tampoco hay nada contra Sacco y Vanzetti, recién los detienen quince días después de la muerte de la que los culpan, pero se incriminan a sí mismos para que no los deporten y evitar sufrir al régimen fascista, que tanta fuerza tiene en Buenos Aires, donde se persigue a los anarquistas.

Quizás encuentres estas cosas ajenas, como sucediendo muy lejos, en una ciudad que no conocés, pero son mi vida y lo que quiero es compartir eso, mi vida y mis luchas, con vos, aunque estés lejos, aunque pase tiempo sin que pueda escribirte.

Los fascistas tienen mucho poder en Italia y en Buenos Aires y la dictadura falangista también lo tiene y todo eso repercute acá, en exilios, en nuevas luchas.

Escribo para La Antorcha, que reivindica estas luchas, lo llaman el "anarquismo combatiente". Ellos se juegan y lo aceptan todo, como Boris, y la conciencia que tengo es que este es un momento que no va a durar siempre, que esto que está pasando ahora marca una época, algo nuevo a lo que no saben muy bien cómo enfrentar y que los hombres que lo llevan a cabo no saben cómo sostener.

Él había conocido esta historia antes de partir para el campo y tiempo atrás se había reunido con un español que venía desde Chile con otros. Hay una foto que les sacó el diario aquella vez que hablaron: la cámara tomó a uno de espaldas y a los otros sobre una mesa, en un primer plano Durruti, con esos rasgos tan fuertes y definidos. Lleva una gorra y mira una de sus manos, con ese rostro que parece dispuesto a sonreír pero que no termina de sonreír nunca. Está como muy seguro de sí. Y también en esas otras fotos de prontuario que llegarían luego de Barcelona, en la que se lo ve con una fuerza cautiva, como si estuviera seguro de que esa situación, por más dura, terminará por pasar y luego vendrá una oportunidad, esa en la que habría de fructificar todo ese dolor, todo ese gesto oscuro que ostenta ahora que está doblegado. Un ahora que parece que no va a terminar nunca. Pero en la otra, la de la mesa, con sus camaradas, ahí trasluce esa fuerza y los otros lo acompañan. Irradian fuerza, una oscura, difícil de descifrar, ciega, obcecada, como si fueran a librar una lucha desigual que nunca van a poder ganar pero que igual los empuja, que ha tallado sus caras anchas y curtidas.

Buscaban dar un golpe y juntar dinero para luchar contra la dictadura de Primo de Rivera en España.

Cómo decidían esos golpes, cómo los planeaban. Nunca lo sabremos ahora, no sabremos cómo decidieron lo de la Estación Las Heras, (piensa él).

A las horas de la madrugada la Estación Las Heras del tranvía empieza lentamente a tener ese movimiento pausado de las mañanas, cuando los ciclistas van a su trabajo o salen los tranvías. Pero antes de eso hay como una especie de silencio, uno en el que la oscuridad empieza a ceder y aún no llega la luz.

Es en ese momento, como fuera del tiempo, que llegan ellos.

Hasta mucho después la policía no podría saber quiénes habían sido.

Adentro, los recaudadores han hecho el control de la venta de boletos. Siempre es un momento de nervios. En eso, entran tres hombres, otro había quedado afuera en el auto, haciendo de campana. El que va enmascarado se queda en la puerta y los tres apuntan las armas. Se escucha un «arriba las manos», pero lo que más les extraña a los asaltados es el acento español.

A los gritos pero sin nervios piden la llave de la caja de hierro con el dinero de la venta de los boletos del día. «Es inútil», dijeron, se la ha llevado el jefe de la estación. Se produce un silencio áspero. Ellos dudan si los están engañando o si efectivamente es verdad. Vuelven a exigir el dinero, moviendo sus armas hacia arriba y hacia abajo, un par de veces más. Los empleados se niegan temblorosamente con sus cabezas, las manos en alto y el que los mandaba pensó que eran trabajadores, como aquellos por los que luchaban, y sin decir nada más, dieron media vuelta y se fueron. Uno de ellos alcanzó a manotear una bolsa de monedas de diez centavos.

Un riesgoso despliegue por una bolsa de monedas. Bastó para poner en jaque a toda la policía: se habían dado a conocer, se habían exhibido y habían logrado una persecución por míseras trescientas ochenta monedas. Ojalá hubiera servido para que pensaran que estas cosas pueden pasar, que un plan no es infalible, que siempre hay algo que puede escaparse de control. Pero no fue así.

Asaltantes con acento español, eso sí que es raro. No hay ninguno en los archivos de la policía. Vendrían de afuera, serían gallegos sin antecedentes. Los gallegos son combativos. Lo fueron en el sur y podría ser que se tratara de alguno de ellos, pero la policía los tiene bastante controlados y no lo creen.

Empiezan a hacer redadas, a buscar. Van a los garitos que hay por la zona del centro, recurren a los informantes, pero nada, no pueden sacar nada, parece que hubieran surgido imprevistamente desde debajo de la tierra.

Un mes después algo más sucede.

Pero en todo aquel largo mes en que debieron pensar, debieron planear, debieron haber discutido sobre esa gran y riesgosa desilusión también debieron imaginar que, fatalmente, si pasaba mucho tiempo, si se exponían mucho más, la policía sabría lo de Chile, podrían identificarlos y las cosas iban a ponerse así mucho peor.

Buenaventura Durruti sería quien seguramente llevara la voz cantante, como el mayor, como el más experimentado, como aquel acerca de quien no cabían dudas[1] y los otros, los hermanos Ascaso y Gregorio Jover lo escucharían sin dudar ni de aquella honestidad, ni de aquella valentía ni de aquella experiencia. Y todo eso seguramente lo haya dicho Durruti, el más calmo, el más cerebral, a los otros porque intuiría que en ellos primaba la acción o porque lo sabía por haberlo visto.

Y también pensaba y también esperaba que todos los demás los apoyaran, que si hacían algo incorrecto, algo reprochable, algo que se alejara de la idea de ayudar a la causa en España contra la dictadura de Primo de Rivera, entonces las cosas no serían como en el caso de Sacco y Vanzetti, en que estaban unidos anarquistas individualistas, comunistas, anarquistas expropiadores y socialistas. Si hacían algo mal quedarían solos, aislados, irían cazándolos uno a uno.

---

[1] Lo que era imposible saber en ese momento es que, años más tarde, Buenaventura Durruti comandaría la famosa columna Durruti que enfrentó y derrotó al ejército de los sublevados con tres mil milicianos en la Guerra Civil Española y que murió como un héroe defendiendo a Madrid.

Así una tristeza enorme debe haberle sobrevenido a ese hombre curtido cuya ascua del cigarrillo se hacía más intensa en aquellos silencios en los que pensaba y en los que, antes de hablar, de decir esas palabras redondas, graves y de peso que los otros esperaban oír, se reconcentraba en sí mismo y cuando ellos fumaban esas luciérnagas de sus cigarrillos en la noche del patio del cuarto de pensión donde vivían, eran menos intensas, tardaban más en agotarse.

Las cosas iban mal, todos lo sabían, pero Durruti lo marcaba silenciosamente, sólo fumando, con aquellas pausas en las que, sin que fuera necesario mencionarlo, pensarían en aquel golpe que habían dado en Chile, donde ingresaron con pasaportes mexicanos falsos.

La falsificación es otro modo de hacer la revolución, pensaba, de engañar a la policía, de infectar a la sociedad burguesa con dinero falso o hacerse conocer con una identidad también falsa. Es un símbolo. A la sociedad burguesa no le importa quienes somos en realidad sino lo que nos puede sacar, lo que nos puede hacer, pensaba él, y que era lícito engañarla porque los anulaba como personas, que era una ironía y un arma combatiente para la que se necesitaba eso, el arte del falsificador, que ellos tan bien conocían y cultivaban, y que ejercían como lo que eran: maestros en el arte de engañar y sorprender.

Pero el éxito de aquella mañana fue empañado por otras cosas, cuando huían de la sucursal Mataderos del Banco de Chile. También, como éste, había sido un golpe dado con gran con rapidez y exactitud. Ni el personal ni los clientes terminaron de sorprenderse cuando ellos huyeron con casi cuarenta y siete mil pesos y escaparon haciendo disparos al aire en ese lugar tan populoso, hasta subir al doble faetón que los esperaba y que arrancó tan rápido, esquivando a la gente en la calle, pero sin poder terminar de acelerar y entonces había sucedido lo inesperado: un empleado del banco trepó al automóvil, encaramándose en estribo, fuertemente tomado de una de las varillas de madera de la capota. Buscaba hacer algo, no sabía qué, algo decisivo y capaz de detener el atraco a esta altura en que ya había sido cometido, en que no quedaba mucho por hacer, en que frustrarlo era imposible y en que los asaltantes escaparían a cualquier precio. En nada de eso pensó en ese momento en que trepó al estribo como algo que alguien le hubiese ordenado y hacerlo con una deliberación tan obcecada como ciega e inútil; y pasó lo que tenía que pasar, que uno de ellos le descerrajó un disparo que lo hizo caer definitivamente y recordaban la noticia de los diarios, en donde la dueña de la pensión hablaba de ellos ante la policía luego, como de "hombres educados que continuamente hablaban de luchas sociales" y que recorrían los pueblos de América en busca de fondos destinados a financiar el derrocamiento de la monarquía española.

Esa imagen de liberadores que recorren un continente, secretamente, en busca de llevar adelante su gran propósito, era lo que parecía estar derrumbándose ahora ante esa bolsa de monedas.

De pronto, en el silencio de la noche del patio del conventillo donde se alojan, en esa pausa derrotada, solitaria, resignada y expectante parecen escuchar algo que uno de ellos tararea. Es justo él, Durruti, que ha acabado su cigarrillo en una pitada final, larga e intensa y ahora cavila. Al haber terminado su cigarrillo busca continuar su reflexión silenciosa, esa que no comparte, continuarla en algo y canturrea, muy quedamente, una melodía muy triste: *"...en un jardín de España nací/como la flor en el rosal/tierra gloriosa de mi querer/tierra bendita perfume y pasión/España, en toda flor a tus pies/suspira un corazón/Ay de mi pena mortal/porque me alejo, España, de ti/por qué me arrancan de mi rosal"*. Y él entonces se habrá sentido arrancado de un rosal, de una raíz, de una España que no puede liberar y a la que no puede volver, que ama y de la que está muy lejos.

Y ellos piensan que con todo lo que han andado juntos no pudieron conseguir con él esa intimidad en las ideas, esa otra cosa diferente a la pura acción que tuvo con Roscigna, ese herrero que hace herrería artística pero que es el más lúcido, el más implacable, el que hace las jugadas más silenciosas, menos previsibles, pero más osadas y complejas, así, sin inmutarse para nada, poniendo esa cara de ángel que proclama su nombre: Miguel Arcángel. Una intimidad mayor que la que quizás haya tenido con ellos, pero es tarde. El momento ya pasó, se fue en la fugacidad de la noche y en las ascuas de los cigarrillos ya extinguidos. De pronto sobre la noche pesa algo denso y ya no flotan esas palabras que no terminan de ser dichas.

Antes de eso, luego de la foto, sentados a la mesa, han planeado el nuevo golpe y esperan tener más suerte esta vez.

El momento de contar la recaudación de los subterráneos, hacia la medianoche, es siempre de nervios, eso piensa el boletero Durand en la Estación Las Heras, mientras espera la vuelta del último tranvía.

Hay ya poca gente, casi no se ven autos y a través de la ventana las calles, a medias iluminadas por los focos, le parecen inquietantes. Como para ratificar esa sensación ve a un desconocido acercarse. Camina como si su cuerpo estuviera rígido, lo hace rápidamente y cuando pasa por delante entra y se acerca, saca una pistola, le apunta y dice: «Cállese la boca», mientras otros buscan la caja de madera con la recaudación que está detrás del mostrador. Se dan vuelta y salen rápidamente, pero el boletero los sigue gritando: «Auxilio, ladrones». Uno de los asaltantes dispara al aire para asustarlo, pero ya es demasiado tarde, el disparo y los gritos han alertado al agente que siempre hay en Rivadavia y Centenera, que se acerca corriendo. Uno de los que había quedado de campana en la esquina advierte ese peligro, ve que el agente intenta sacar su arma, le apunta la suya y le dispara dos veces para no darle tiempo.

El agente cae y llegan gritos. Ellos se desorientan. No encuentran al taxi que debía estar esperándolos. Van con la pesada caja de madera pensando en que a cada paso pueden aparecer otros agentes, otras personas, algún auto, o testigos que los comprometan pero es medianoche y anda poca gente y cuando encuentran al taxi que los espera suben. El chofer le da arranque pero es inútil. El motor carraspea, la fuerza de la batería se debilita y el auto no se pone en marcha. Se baja, le da manija, también inútilmente. Los gritos vienen de una bocacalle vecina y se acercan, se alejan, vuelven a acercarse, pero hay otros que llegan desde diferentes direcciones y ellos salen corriendo por la calle Rosario, doblan un par de veces, se alejan y cuando los gritos llegan hasta el auto detenido ya han desaparecido.

Al llegar finalmente al lugar que han elegido como escondite tratan de abrir la caja cerrada con llave. Se resiste. Terminan por forzar la cerradura con una barra de metal pero está vacía. No hay nada en la caja de madera que tanto les costó llevar hasta ahí. Ahora tienen que responder por un policía muerto y no han sacado nada.

Sienten que el cerco se va a estrechar a partir de ahora, que habrá menos oportunidades, que es mucho riesgo para nada y que eso a la larga les va a traer consecuencias serias.

"Cuando los habitantes de la tranquila ciudad de San Martín se hallaban entregados al almuerzo unos y otros refugiados en sus hogares a cubierto de las inclemencias del sol y del calor, un grupo de forajidos armados de carabinas se situó en la puerta de entrada de la sucursal del Banco de la Provincia, frente a la plaza principal", decía la prensa de ese día.

No había habido dudas para la policía de que los asaltantes de la Estación Las Heras del subterráneo eran los mismos que en Caballito y entre un hecho y otro había llegado el informe de la policía chilena, pero igualmente, la pista era difícil de seguir. Nadie los conocía. Nadie los había visto. Todo a su alrededor parecía ser falso. Pero más temprano que tarde los alcanzarían, mientras, no paraban de presionar a todos a los que capturaban siempre que ocurría un hecho así.

Por eso esta vez fue todo distinto: otro lugar, otra cantidad de asaltantes y casi en la propia cara de la policía, porque el Buick doble faetón del que habían bajado cuatro de los hombres se había parado en la esquina de Buenos Aires y Belgrano, en San Martín.

Los tres que quedaron afuera se paseaban despreocupadamente por la vereda, como si estuvieran esperando a alguien, pero cuando alguno se dirigía al banco movían sus revólveres de caño largo haciéndoles señales de seguir; si de todos modos querían entrar, les apuntaban en serio. El golpe duró muy poco, tomaron lo que podían tener a la mano y no se molestaron en tratar de abrir la caja fuerte; aun así, huyeron con sesenta y cuatro mil pesos.

Al entrar amenazaron a todos con su acento español: «Al que se mueve, cuatro tiros», pero dos de los bancarios que quedaron adentro intentaron salir gateando por detrás y uno de los asaltantes, sin ningún aviso, les disparó. Mató a uno e hirió al otro y luego ambos subieron al auto que esperaba en marcha. La policía los persiguió por las calles de San Martín, pero eran muchos disparando desde el Buick doble faetón y no pudieron alcanzarlos.

La policía, que buscaba a los cuatro españoles o mexicanos, pensó que podría ser otra banda más numerosa o que habían sumado más miembros.

Pero cuando llegó el informe de la policía de Barcelona con la identidad de los cuatro españoles ya no tuvieron más dudas. Eran responsables de muchos asaltos y asesinatos en Barcelona, donde se los conocía muy bien.

Ellos habían comenzado asaltando el Banco de Gijón; de España pasaron a México, donde en un asalto mataron a una de los asaltados; luego fueron a Cuba, donde robaron un banco; y de ahí pasaron a Chile. Durante un tiempo trabajaron como obreros para no llamar la atención.

Quedaba en claro que eran ellos y que se trataba de anarquistas.

La división de Orden Social movilizó todos sus recursos, presionó a sus informantes, ese imprevisible abanico de gente, que va desde kioskeros a jugadores, prostitutas, taxistas, que son la fuerza secreta por la cual la policía consigue averiguar o adivinar lo que sucede en esos lugares guardados por precauciones y secretos. Pero nada. Los españoles seguían sin aparecer, por más que torturaran a los panaderos y ferroviarios que siempre arrestaban, aunque nunca confesaran nada.

Después de dos fracasos y un éxito, cuando los testigos los reconocieron por las fotos de la policía de Barcelona, cuando debían responder por la vida de un policía y de un empleado bancario, los españoles parecían haber desaparecido sin ningún rastro.

Cómo habrá sido, se preguntaba el cronista una vez y otra, la intimidad de esas vidas itinerantes, despiadadas, idealistas, violentas, las de hombres que quizás no hayan conocido un amor como el de ellos, o que si lo conocieron, lo pusieron en un segundo plano, entregados como estaban a eso que ellos llaman la acción, que significa a la vez poner sus ideas por encima de todo, por encima del sufrimiento y de la muerte de otros, al servicio de una convicción ciega, alta pero ciega, y pensar que esos sacrificios se hacen porque esas ideas podrán triunfar gracias a ellos.

Para mí, tu amor es lo más alto. Me falta compartir mis pasiones con él: las ideas, el registro de las cosas, la necesidad de andar siempre. Si pudiera juntar todo eso la vida sería perfecta.

Pasan meses y no se sabe más nada de ellos. La policía asegura otras terminales del subterráneo y de los tranvías, otros bancos, pero no hay nuevos golpes. Son tan arrojados como imprevisibles, pero todos saben que hombres así van a acarrear, tarde o temprano, nuevas complicaciones.

Él se preguntaba todas esas cosas sobre ellos porque la siguiente noticia que hubo fue cuando fueron arrestados en Francia por tramar un complot para asesinar a Alfonso XIII.

Era asombroso: luego de lo del Banco de San Martín lo que se supo de ellos fue su arresto en Clichy, en un hotel sencillo, investigados por la policía local que, también por informantes, descubrió lo que tramaban. Tenían armas y planos para un gran atentado contra el rey.

Cómo pudieron salir del país, dónde y cuándo habrán entregado todo ese dinero obtenido a costa de la sangre de policías, empleados de banco o camaradas. Cómo llegaron a Francia. La policía supo que habían salido en un vapor y que uno de ellos tenía un pasaporte uruguayo.

La policía detiene a José Cotelo, con cuyo pasaporte entró a Francia Durruti. Cotelo es uno de esos hombres que, como Roscigna, dan respuestas sencillas a grandes interrogantes que los inculpan seriamente y que gracias en parte a esa inocencia que muestran al decirlo y por la misma sencillez de su planteo, terminan por decir algo acerca de lo cual es imposible probar lo contrario. Cotelo afirma que, en efecto, tramitó un pasaporte. No dijo a dónde pensaba ir ni para qué, pero que se lo colocó en el bolsillo trasero del pantalón y que lo perdió.

Primero, la policía lo muele a golpes por la ingenuidad de la explicación. ¿Qué se cree que son los policías?, ¿tontos? Los restantes pasaportes son de otros anarquistas, un panadero y otros que no pueden ser hallados por más que la policía lo intenta.

Cotelo es finalmente puesto en libertad, luego de varias semanas de calabozo y castigos varios.

Una vez más, la policía se siente vencida.

Ellos mataron a un agente en el asalto a la Estación Las Heras, pudieron escapar, librarse de ellos y ser arrestados en un lugar con el que no hay convenio de extradición.

Pero sí hay algo a favor: son españoles. Bastaría lograr que España pidiera la extradición a Francia y Argentina a España.

Entonces las presiones empiezan y Alvear, con tanta influencia en París por sus años de embajador, tiene que moverse en ese equilibrio de quedar bien con una policía que reprime todo lo que sea anarquista, que colabora con los fascistas italianos que a través de la embajada también persiguen a los anarquistas en Argentina y el malestar que todo eso puede provocar en Buenos Aires, porque ya se ha armado todo un movimiento en favor de los Ascaso, Jover y Durruti que eclipsa por momentos al movimiento por Sacco Vanzetti y eso en gran parte sucedió desde *La Antorcha*.

La línea del diario es que son víctimas de la justicia burguesa y no delincuentes. En parte es así. Ellos buscan equilibrar las cosas de otra manera y para eso hace falta la violencia, pero la suya no es la mejor. Si uno acepta que la violencia es un método, cómo controlarla, cómo mantenerla dentro de un cauce aceptable, si el propio postulado es ese, el de que la violencia es válida.

Así, mientras la policía presionaba por la extradición, había mítines que la policía no permitía, en los que se hablaba de ellos.

Uno de ellos estaba anunciado en Plaza Once. La policía fue, pero no había nada, y cuando ya estaban por volver a la comisaría sintieron una voz ronca que gritaba: «Aquí. Venid a escuchar, aquí estamos los anarquistas para gritar la verdad sobre los compañeros Durruti, Jover y Ascaso». Corrieron buscando el lugar del tumulto y encontraron que ante un auditorio incrédulo de gente que pasaba por la plaza había un hombre amarrado a cadenas a una verja de hierro, que atronaba con una voz enorme, entrenada en muchas asambleas y muchas frías noches de calabozo.

Qué hacer, no podían castigarlo delante de toda la gente. No podían hacerlo callar. Zacarías fue llamado por teléfono a la redacción por el kiosquero de diarios y alcanzó a llegar.

El hombre amarrado clamaba por todas las causas anarquistas: Radowitzky, el asesino de Ramón L. Falcón, que estaba preso en Ushuaia; Sacco y Vanzetti, Durruti, Jover y Ascaso, y no podían pararlo. Atacaba a los comunistas que en Rusia habían asesinado en masa a los anarquistas, a Alvear, a la propia Policía que debía escucharlo, sin poder taparle la boca ni torturarlo, como querrían hacerlo luego en la comisaría. Mientras, tenían que llamar a un cerrajero del departamento central que llegó cuando el hombre había soltado todo el discurso. Finalmente lo liberaron de sus ataduras y lo arrastraron a un auto. Él los siguió en un taxi y una vez que llegaron preguntó por el detenido. No lo dejaron verlo, pero al día siguiente a la tarde lo liberaron, después de que salió publicada la protesta en el diario.

Todos los días algo así, en diferentes lugares, y cosas parecidas; pero mientras en Francia los intelectuales liberales defendían a los anarquistas, en Argentina el frente estaba muy dividido entre los moderados, *La Antorcha* y *Cúlmine*, el diario de Severino Di Giovanni, que defendía la violencia y no trataba de hacer aparecer a quienes la ejercían como víctimas de la justicia burguesa.

La agitación crece en Argentina y en Francia. Los franceses dudan. La Policía argentina se impacienta. Qué hará Alvear.

Los franceses están por echarse atrás. Parece alto el precio, pero el Gobierno decide no ceder a las protestas populares. Piensa que sería un modo de fortalecerlas e insiste con la extradición. Si Francia les concede la extradición, conseguirá un aplazamiento en la deuda que tiene con Argentina por la compra de cereales durante la Guerra Mundial.

Pasan los días. En Argentina la agitación es mayor que en Francia. El honor de la Policía que sirve al propio Alvear está en juego, pero ¿es necesario alimentar ese descontento sólo para satisfacer a la Policía? Y si los traen, ¿qué pasará cuando lleguen? El descontento crecerá, no descansará hasta pretender verlos libres y cuando los condenen por la muerte del policía, entonces ese descontento crecerá todavía más. Qué necesidad hay de todo eso.

Aprende de los norteamericanos con lo de Sacco y Vanzetti. Por condenar a muerte a dos anarquistas inocentes se han granjeado el odio de todo el mundo. Todos saben que, al contrario de los españoles, son inocentes, que no hay pruebas contra ellos, que todo es circunstancial, pero igual están presos y condenados a muerte mientras el descontento y el descrédito crecen.

Alvear piensa entonces que ese empecinamiento no es un signo de fortaleza sino de debilidad y él no quiere dar ningún signo de nada.

Pero, qué hacer.

Muy fácil, solucionar las cosas a la manera radical: dejando pasar el tiempo, generando papeleo. Así, Francia da un plazo de un mes a la Argentina para ir a buscar a los presos. La Argentina sostendrá que es Francia la que debe mandarlos, que en Argentina no se tiene un buque disponible; la discusión seguirá y el plazo finalmente se vencerá, y los presos deberán quedar en libertad. Acá será por culpa de Francia y en Francia por culpa de la Argentina, y eso es lo que en realidad sucede.

En este momento hay una gran algarabía entre los anarquistas y una gran frustración entre la Policía.

Ellos de alguna manera se la van a cobrar.

Las cosas no se van a calmar, algo sucederá muy pronto y espero estar ahí, como espero volver a estar con vos, como espero poder traerte, mientras tanto te dejo todo mi amor y mis sueños libertarios.

Tuyo

Zacarías.

VIII

Mundos

Comencé a preguntarme qué habría sido de Zacarías Gracián al cabo de todos estos años. ¿Viviría? ¿La recordaría a ella? ¿Cómo habría seguido su vida después? El diario de ella y las cartas de él estaban mezclados. Me llevó un tiempo armar la continuidad de ese encuentro (y desencuentro) y aun ahora, no sé si lo hice bien porque las cartas de él no tenían fecha y las del diario no siempre estaban completas.

3 de marzo de 1923.

No es fácil decir lo que sentí al recibir esa primera carta, luego de tanto tiempo de silencio. Creo que más que el pedido de ir con él a Buenos Aires —algo totalmente imposible— lo que más me golpeó, —creo que esa es la palabra— fue que en lugar de lo que habíamos vivido juntos me hablara de cosas tan ajenas para mí como de algo que fuera lo que a mí más debía importarme.

A mí me importaban otras cosas: todo lo que habíamos pasado y cómo lo vivíamos. Yo ya no era la misma. Algo muy grande había quedado atrás. Sentía su ausencia pero más sentía que todo eso me había probado algo a mí misma: que yo podía ser deseada, acariciada, amada, y todas las sensaciones de esos deseos, esos besos y esas caricias y el pensar en qué sucedería de ahora en más.

Mientras, vivía en esas sensaciones, trataba de amoldarlas a mi vida de todos los días. Ya a mi mamá le había extrañado que yo recibiera una carta de él y también verme leerla. Ya no era posible ocultar que algo ocurrió entre nosotros. Por primera vez yo vivía cosas que ellos no sabían que vivía.

Pero lo otro me resultaba más difícil de aceptar: que fueran esas las cosas que él deseaba compartir conmigo, que vivía en el campo, tan lejos de ellas. No había algo más nuestro de lo que hablar, aunque fueran menos cuartillas. Pero también pensaba que ese era su mundo, que él deseaba participarme de ese mundo, pero cómo entraría yo ahí y si realmente fuera a Buenos Aires, como él deseaba, cuál sería mi lugar en una ciudad así: ir con él, esperarlo por horas en un cuarto de pensión. Horas o días. En cada uno de ellos extrañaría la chacra; y entonces pensaba que, más allá de recibir sus noticias, esa carta me distanciaba de él quizá más que la distancia o que esa carta hacía visible esa distancia, me decía eso que era: un amor imposible.

4 de marzo de 1923.

En otros momentos pienso en todo lo que vivimos en esas noches, en esos primeros encuentros y que la carta viene a completarlos, a darme otra parte de él, esa que no conocía, esa que él siente verdaderamente

suya y siento que es algo que me quiere dar: sus sensa-
ciones, su manera de vivir, que es tan genuina como
para mí el campo.

5 de marzo de 1923.

Él no está pero igual pasan cosas y la vida parece
decirme que aunque menos intensas, igual merecen la
pena.

José Ramón va a establecerse por su cuenta con
un tambo. Mi aita, que lo ayudó a venir, también lo ha
apoyado y sé que es cuestión de tiempo, poco tiempo,
que me pida casarme con él.

Él llena nuestras vidas en el campo, con su gracia,
con sus cosas inesperadas y está en cada uno de los
trabajos sin perder detalle. Le irá bien cuando se haya
establecido.

Sé que lo voy a extrañar, sé que estar a su lado
quizá sea mi lugar, que los dos pertenecemos a eso, a
un lugar, y que es éste.

Pero qué sentiría si me fuera con él.

Qué pasaría si me pusiera a buscarlo. Por dónde
debería empezar.

IX

La vida errante

Me diste un rostro, unas manos, una voz. No los tenía. Mis rasgos de entonces no me definían. No era de una manera. No sentía de una manera, pero en tus brazos comencé a tener un rostro propio, uno absolutamente mío, que no se puede parecer a ningún otro porque fue modelado por tus manos explorándome. En los ojos de ese rostro no me veo a mí sino que veo el tuyo, veo tu cuerpo en el fondo de mis ojos cada vez que me miro en un espejo.

Aprendí para siempre lo que es sentir y ahora mis manos es como si no tocaran nada: ninguna sensación las colma y todo es la memoria y la espera de unas noches, la ansiedad que nacía en las mañanas y el verbo esperar. Espero para verte, espero por escuchar tu voz, espero por tus manos y espero por esas palabras susurradas cuando nadie nos oía. Mi tiempo es esa espera incierta, indefinida y al mismo tiempo tan dulce, tan propia y embriagadora.

Debería buscar un pretexto para volver y quedarme, pero si algo he terminado de aprender es que las cosas deben ser hechas de frente, no importa el costo; pero qué saben tus padres de mí, nada, que dirían si voy a pedirte que vengas conmigo, qué haría si no me aceptaran.

No falta mucho para develar esos interrogantes, por sí o por no. Llegará el momento de ir a buscarte o de perderte. Ese es mi tiempo ahora, el de llegar de nuevo a ese cuerpo como quien llega a una bahía misteriosa, modelarme en él o perderlo.

Antes había noches. La vida estaba en las noches y el día en la espera. Desear, absorber, esperar, desfallecer.

Ahora ya no hay noches ni días, tanto se ha borrado el tiempo. Sólo hay momentos en los que suceden cosas, cosas que sobrevienen, que me arrastran como una corriente, que no me dejan mucho tiempo para pensar y a veces me encuentro en medio de algo preguntándome cómo llegué hasta ahí.

Estos pasos me llevaron a Uruguay, de donde vengo ahora. Han sucedido tantas cosas.

Zacarías pensó que no quería abrumarla con todo lo que sucedió, pero cómo hablar de él sin hablar de todo lo ocurrido y cuyo recuerdo podía remontar a aquella tarde en que en la pensión donde vivían los españoles conoció a alguien que, igual que Boris, habría de imprimir algo muy indeleble en él.

Era alguien que pudiendo tener una vida cómoda, que siendo un artesano reconocido, dejó todo por su lucha y al mismo tiempo la llevaba a cabo de una manera racional, fría, pero renunciando a su vida en ello.

La primera vez que vio a Miguel Arcángel Roscigna fue cuando González Pacheco, el director de *La Antorcha*, lo mandó a la pensión donde hablaron y sacaron aquella foto.

Es un hombre callado, no muy alto, pero que impone por su presencia. Sin sus anteojos —como aparecerá en esas fotos de prontuario— su mirada parece perdida, pero con ellos se hace penetrante, intensa, calma.

Fue antes del robo al Banco de San Martín, donde estuvo con Durruti y los otros en el Buick doble faetón.

Luego pasó lo de la huida de los españoles, la frustrada extradición, el éxito final y, al mismo tiempo, la determinación de la Policía de cobrarse en alguien el robo del Banco de San Martín, la muerte del policía, la del bancario y, más que nada, la huida, el escarnio de la Policía al ver frustrada la extradición y, poco tiempo después, lo del Hospital Rawson y la huida a Uruguay.

Roscigna es un hombre tranquilo. Odia aparecer en los diarios y, más que nada, los golpes dados sin planificación, la violencia y derramar sangre, ya que, a la larga, eso es perjudicial para la causa. Es callado, pero nada lo detiene una vez que se ha fijado un propósito, que ha ideado los medios de conseguirlo y puesto en acción.

Cuando lo atrapaba la policía era capaz de soportar cualquier tortura y dar las explicaciones más simples. Odiaba a los policías. Los consideraba los guardianes mal pagos de los explotadores, pero nada de eso dejó traslucir cuando, sospechando que no sólo Di Giovanni sino él eran los autores de más de un atentado, lo detuvieron en su casa una noche. En ese momento había ataques a todo lo que fuera norteamericano, como presión por lo de Sacco y Vanzetti, y ellos andaban detrás de esos ataques.

Es que la bomba a la embajada norteamericana, en Arroyo y Carlos Pellegrini, ha causado un gran impacto. Fue tan poderosa que la policía entró al edificio por el hueco que abrió. El escudo de Estados Unidos quedó en medio de la calle y las esquirlas de la bomba rompieron las botellas de las estanterías del almacén de enfrente. El estrépito dejó a los vecinos casi sordos y las calles regadas con escombros. El primero en llegar fue Emilio Casares, un joven de la Liga Patriótica que vive a pocos metros de ahí, en ese elegante barrio. Es claro que fue obra de los anarquistas en protesta por lo de Sacco y Vanzetti y el Gobierno de Alvear no puede quedar mal con el de Estados Unidos ni con los fascistas, que tan útiles son persiguiendo a los anarquistas italianos en el exilio. A ellos les piden ayuda y juntos inician una redada de grandes dimensiones: entran en las piezas rompiendo puertas y destrozando cosas, como hacen en la de Severino di Giovanni en Morón, en el domicilio que él nunca ocultó a la policía; en Buenos Aires y en Rosario entran, rompen e incautan libros. Procedimientos violentos aunque se trate de familias con niños. Detienen a casi todos los de *La Antorcha*, y se llevan también los diarios publicados y los que estaban por salir incitando a la acción por lo de Sacco y Vanzetti. Entre los detenidos se encuentra Zacarías, quien va a dar al departamento central de policía a donde tendrán que ir a buscarlo sus padres; también

González Pacheco, el director, los otros redactores, un fotógrafo y los linotipistas; junto a Di Giovanni, será uno de los linotipistas, Ciccorelli, quien más sufrirá el arresto ya que los tienen durante siete días en el departamento de policía sin comer.

Debido a que sospechaban que Roscinga tampoco era ajeno a esos atentados, también lo detuvieron y lo llevaron a la comisaría en un auto cerrado, con un policía a cada lado, avanzando por una ciudad dormida que parece descansar de ese movimiento del día. El hombre se sentía seguro de que no tenían nada concreto contra él y que eso le daba un margen de maniobra; pero realmente ignoraba si no habrían podido averiguar algo que él desconocía. En esos casos reaccionaba instintivamente. Componía el personaje ingenuo. Por más que trataban de sacarle cosas, lo único que tenía para darles es lo que, para él, les daba la sociedad burguesa: mentiras. Para él era lícito mentir al que explota y asesina. Lo sentaron en una silla, ataron sus manos a los tobillos y presionaron; pero ni una palabra. No sólo no les dijo nada de lo que deseaban oír sino que les puso una cara de yo no sé nada y en una pausa de la tortura les confesó que las luchas libertarias eran cosa del pasado, que a los treinta y seis años había abandonado esas quimeras de locos y que él, que es herrero artístico, quiere instalarse como apicultor con un criadero de abejas. Unos se ríen, otros lo miran incrédulos, uno le da un bife.

El comisario Buzzo, el encargado de interrogarlo en esa ocasión, acercó su rostro al del detenido que, en medio de su dolor y de su incertidumbre, estaba burlándose de él; pero también vio en eso un gesto de valentía: no sólo no delató a Severino, a quien la policía busca detener más que a nadie, sino que además se les ríe en la cara.

En ese momento se encontró ente la disyuntiva de matarlo o dejarlo ir (y ocultarle la admiración que sentía) pero con una voz grave, lenta y amenazante le dice (y esto se lo contó él mismo a Zacarías): «Tenés tres posibilidades: ir a criar gallinas a La Quiaca, meterte en un seminario y estudiar para cura o directamente suicidarte, así nos ahorrás el trabajo, porque la próxima vez que te encontremos en alguna calle de Buenos Aires te baleamos, te ponemos una pistola en las manos con cápsulas servidas y te caratulamos resistencia a la autoridad».

Él fingió sorpresa y continuó en el papel del trabajador ajeno a todo; abrió grandes sus ojos miopes, alzó las palmas de las manos hacia arriba y negó con la cabeza. Entendió con claridad dos cosas, que lo dejarán irse pero que esa sería la última vez, y que si mínimamente sospechaban que andaba en algo, que lo matarían sin previo aviso en cualquier momento, plantándole un arma en la mano y unas cuantas cápsulas servidas. Se dio cuenta de que sonó una campana y que a partir de ahí vivía un tiempo de descuento. *Hay que aprovecharlo bien y hacer algo que valga la pena*, se dice.

Era de mañana muy temprano cuando lo dejaron salir. La tenue luz del sol naciendo es un contraste absoluto con la oscuridad de los días de encierro, con las horas de tortura, y el silencio de ese amanecer contrasta también absolutamente con ese rumor de gritos, de amenazas, de preguntas. Pese al temor sintió, en la pureza de esa mañana, como si hubiera nacido de nuevo. Respiró profundamente. Le llegó el aroma del pan que horneaba alguna panadería en alguna parte lo suficientemente cercana o lo suficientemente lejana, y los ruidos de la ciudad que despertaba, y se dijo que esa sería la última vez, que nunca viviría de nuevo esa paz, que algo definitivo se cernía de la misma manera irrevocable en que las cosas silenciosamente prosiguen siendo lo que son, que la sangre fluye por las venas y en que todo se empeña, silenciosamente, en continuar.

Teme mientras camina por esas cuadras hasta la parada del tranvía: hay poca gente y podrían balearlo ahí mismo. Aprieta el paso: está sin dormir, exhausto y hambriento, sin saber qué sucederá, pero igual sigue y de pronto comienza a pensar en sus camaradas. Eso siempre ayuda cuando uno se encuentra cercado; pensar en los otros, en sus problemas, en algo que hacer por ellos; y pronto el temor empieza a abandonarlo y lo que ha vivido comienza a desvanecerse como una niebla, como una peripecia más de su vida libertaria, mientras el tranvía avanza por calles que ramifican la ciudad en un caleidoscopio de espacios y en cada uno aguarda algo, algo que no se sabe qué es, que lo mismo puede ser una esperanza que una trampa y esa idea de una ciudad que se extiende más allá de cualquier previsión y deseo por un momento lo hace pensar en que los destinos, en el seno de una ciudad como esa, que se teje y desteje día a día, noche a noche, son tenues, provisionales, llenos de riesgos.

La ayuda a los presos es importante pero se ha vuelto difícil, cara, imposible de sostener. Es importante porque refuerza la solidaridad libertaria, el sentido de que todos somos uno, de que lo que le pasa a uno le pasa a todos o que todo lo que pasa nos concierne, estemos o no presos; pero es cara: hay que ayudar a las familias, hay que dar de comer a los detenidos, pagar a sus abogados o sobornar carceleros, policías o funcionarios. Hay condenados, presos en prisión preventiva, en averiguación de antecedentes, con cada uno hay un activista o un combatiente menos y una sangría más para el movimiento. Con Durruti ha aprendido a planificar y también que la solidaridad obrera no es suficiente, hace falta algún golpe grande que sirva para esa ayuda pero también para otro propósito: liberar a los presos por cualquier medio.

Ha dejado su casa y se ha instalado en un cuarto de pensión difícil de rastrear, y empieza a preparar algo. Debe hacerlo cuidadosamente. Se sabe vigilado y es necesario actuar con mucha cautela. Tiene muy claro que a alguien como él la policía puede matarlo en una esquina y simular un enfrentamiento o seguirlo para ver a dónde va y a quién los conduce. Es con todos estos cuidados que le ha mandado un mensaje a Vázquez Paredes, un amigo al que no puede ver en persona sin levantar sospechas.

Hace mucho que se conocen. Como suelen serlo los españoles, es combativo e indoblegable. Alto, de tez muy blanca, rasgos firmes pero delicados, no parece un anarquista. Sin embargo, la policía lo conoce muy bien.

Ha estado preso por los atentados de la campaña a favor de Radowitzky. Es el mejor fabricando bombas; él le dio a Wilkens la que usó para matar a Varela.

Se vale de un mensajero neutral. Lo envía a la obra donde Vázquez Paredes está trabajando como pintor y arreglan así un encuentro. Para un golpe maestro, como el que planea, le falta Emilio Uriondo, preso en la cárcel de Punta Carretas en Uruguay. Es necesario, le dice a su amigo, hacer algo para sacarlo de ahí. En cada golpe sucede eso, alguien cae o es encarcelado y así, aunque el golpe sea exitoso, a la larga fracasa. Es necesario dar vuelta a ese destino y Uriondo es uno de los mejores hombres: como buen criollo es agudo, levantisco y tiene una sabiduría innata para catalogar a las personas y darse cuenta de las cosas. Es capaz de resistir cualquier dolor y va a necesitar esa fortaleza, lo aguardan muchos años en Ushuaia, muchas torturas; muchas huidas bajo el sol, bajo la lluvia, en grandes extensiones donde no hay nada. Pero aún falta. Aún está preso en Punta Carretas y es necesario liberarlo, piensan. Mientras, deben buscar a otros.

Tiempo atrás, varios anarquistas expendedores de nafta expropiaron combustible y cuando la compañía los descubrió y fueron despedidos se produjo una huelga muy dura, con varios hechos violentos en los que intervinieron Vicente y Antonio Moretti, hombres de acción que no le tienen miedo a nada.

Con ellos se preparan para dar ese golpe tan planeado que, como todo, saldrá muy bien y a la larga terminará muy mal.

Un Graham Paige doble faetón se detiene frente al Hospital Rawson; bajan tres heridos y se quedan en la entrada; el auto se estaciona en la callejuela lateral, a unos cincuenta metros. A esa hora de la mañana esa entrada principal es un hervidero de gente que sale y entra: enfermos, pacientes, familiares, enfermeras, técnicos, proveedores.

Los tres hombres permanecen ahí. Hay muchas víctimas de accidentes y no llaman la atención. Pasa el tiempo. Son minutos eternos, pero al fin se detiene en el playón de entrada un Durant cerrado de donde bajan dos hombres. Uno es el pagador y el otro el policía de custodia, un campeón de tiro. Todo debe ser sorpresivo, rápido y preciso. Bajan del Durant y avanzan rápidamente; pero los tres vendados (Roscigna; Vázquez Paredes y Antonio Moretti) han salido, dirigiéndose a ellos y apuntándoles con sus armas. El pagador suelta la valija, uno de ellos la toma y corre hacia la parte del final del pabellón, donde con el doble faetón espera Vicente Moretti. Corren, comienzan los gritos, los llamados de alarma y en la frenética corrida hasta el auto, uno se vuelve y ve que el policía ha empezado a sacar la pistola. Sabe que si le dan tiempo de hacer puntería al menos alguno de ellos será hombre muerto o que si alguno es herido será muy difícil poder rescatarlo; entonces detiene la corrida, apunta y dispara y cuando vuelve a correr alcanza a divisar que el policía cae. Todo ha durado no más de tres minutos.

La gente se queda inmovilizada, sin poder creerlo. Vicente Moretti ha detenido el motor del auto pensando que quizás debieran esperar mucho tiempo al pagador. Grave error. Al verlos correr pone el contacto y pisa el botón de arranque. Se oyen dos leves ruidos, como de algo que se arrastra, pero el auto no arranca. Desesperado, se baja y le da manija, a la segunda media vuelta ha podido ponerlo en marcha y ya está al volante cuando oye el disparo y ve a los otros correr y a un par de policías perseguirlos; pero para cuando se procuran un auto ellos ya han salido y se alejan a toda la velocidad que pueden.

Giran varias veces en distintas esquinas y finalmente se incorporan al tránsito sin que a nadie le haya sido posible seguirlos, pero hay un muerto, se dice Roscigna, y eso complicará las cosas. Espera que piensen que ha sido obra de delincuentes comunes y no de anarquistas, pero al mismo tiempo sabe que en caso de duda, lo primero que hará la policía será una de las famosas redadas donde una y otra vez detienen a los mismos.

Ya se han alejado y un rato después llegan al escondite, una casa alquilada. El auto queda en el galpón, tapado con una gruesa lona y ellos cuentan el dinero en la cocina: ciento cuarenta y un mil pesos en gruesos fajos de billetes. Es un buen golpe, ha valido la pena, pero hay un policía muerto. Sin embargo, el dinero es mucho, alcanza para hacer aquello que se proponían, pero Roscigna les recrimina haber tirado, aunque debe aceptar que es parte del riesgo, que si el policía hubiese llegado a sacar el arma y disparar los problemas hubieran sido otros. Pero ahora ya nada será fácil.

Entonces comienzan a dar pistas falsas y contradictorias a través de informantes. Mientras la policía las investiga tratan de ganar tiempo, pero igualmente, al segundo día la policía ha detenido a Dositeo Freijo Caballero, un chofer al que siempre detienen cuando sospechan que los autores de los asaltos son anarquistas. No dirá nada, pero ya saben que están en la pista correcta, que no seguirán otras falsas y que, pese al escondite, será cuestión de tiempo que los encuentren y detengan. Las redadas se intensifican y la policía, a esta altura, ya debe manejar nombres de sospechosos.

Roscigna se da cuenta de que deben dejar Buenos Aires y, como ya lo tenía pensado, escapar a Uruguay.

Esperan la noche y salen hacia El Tigre, despacio, tratando de pasar inadvertidos, llevando, como llevan, armas y dinero, pero no es fácil. En todas partes han puesto policías y buscan a tres hombres en un doble faetón. Roscigna se reprocha no haber conseguido otro auto, pero eso hubiera significado correr más riesgos y además ya es tarde, tenían que salir sin pérdida de tiempo; felizmente no hay nadie a la vista y pueden seguir el viaje sin problemas.

Es pasada la medianoche cuando llegan a lo de Bustos Duarte, el andaluz lanchero del Tigre que siempre se arriesga por los anarquistas. Los hace pasar a la cocina y les busca algo de comer: pan casero, salamines, queso sbrinz. Comen agradecidos mientras alzan sus vasos. Es una hermosa noche, quieta, pacífica en ese lugar tan bello. Si al menos pudieran quedarse en un sitio como ese, dejarse invadir por su paz, sentirse lejos de todo. Pero saben que no se puede.

La policía también conoce a Bustos Duarte y antes o después llegará hasta él. Ya rige para Roscigna esa otra lógica: la de anticiparse a las cosas, la de saber lo que van a hacer antes de que ellos sepan que lo van a hacer, eso para lo cual es tan bueno Uriondo y para lo cual, sin Vázquez Paredes, Roscigna se siente solo, porque Vázquez Paredes decide no ir a Uruguay con ellos, piensa que si finalmente los atrapan, habrá más posibilidades separándose y se despiden esa noche.

Pasan el día siguiente en lo de Bustos Duarte y dejan el auto en un garaje de San Fernando que les ha recomendado un vecino de El Tigre. El dueño, el Bebe Castro, es un hombre bajo y corpulento que se ha dado cuenta de que en el apuro por dejar el auto hay algo raro.

De pronto Roscigna se percata del peligro, pero ya no puede volver atrás; si no acepta, será igual de sospechoso y no tienen otro lugar para esconder el auto. Aunque le parezca muy alto decide pagarle al Bebe Castro el precio que le pide. Pero pagar el monto sin rechistar también llama la atención.

A la mañana siguiente, luego de desayunar unas galletas con mate cocido, se embarcan muy temprano en el bote *E pur se muove*. Se han cambiado de ropa y van dejando atrás isla tras isla. La mañana avanza, el sol va subiendo y esa tibieza los tranquiliza, sienten que no podrán seguirlos hasta ahí, pero de pronto Roscigna se da cuenta de que sí, de que podrán seguirlos hasta ahí. Que pensarán que lo más factible es eso, que huyan a Uruguay por El Tigre. Todo lo que se ha desatado es muy grande, muy fuerte, muy poderoso, para poder sortearlo simplemente cruzando el delta, piensa cuando ya ven el muelle. Bajan, se despiden de Bustos Duarte, que los ha acompañado hasta ahí y que los guía para llegar al rancho que don Hilario Castro tiene en Palmira, cerca del muelle. Roscigna piensa que es un rastro fácil de seguir y que hasta que no se pierdan en la multitud no estarán a salvo.

El andaluz emprende el regreso. Algo no le gusta, y no se equivoca. Cuando llega a su casa lo está esperando la policía. *Cómo han podido llegar tan pronto*, se pregunta, mientas ensaya la técnica de Roscigna de dar respuestas simples e inocentes a interrogantes tan comprometedoras como la de si cruzó a los fugitivos. Que sí, que lo hizo, que no los conocía, que simplemente le pidieron llevarlos como tantos otros lo hacían día con día, para trabajar en el campo.

Luego se enterará que fue el Bebe Castro el que informó a la policía, que fueron al garaje de San Fernando y ahí descubrieron el auto y que de ahí habían seguido a su casa, a buscarlo, y que su esposa les contestó que él no estaba, pero que reconoció las fotos de los fugitivos.

Ahora sabían, positivamente, que habían cruzado.

La persecución comenzaba.

La policía ya sabe quiénes son y a dónde han ido. Sólo resta actuar. Será cuestión de tiempo capturarlos, piensan, ahora que han pedido la colaboración de la policía uruguaya y ya han salido comisiones para Palmira, Carmelo y Montevideo. Ha sido un asalto muy grande, con un policía muerto. Un golpe importante de los ácratas. Por eso es necesario movilizar todos los recursos, escarmentarlos, de otra manera el éxito les daría coraje para intentar otros golpes parecidos, en estaciones, hospitales, u otros lugares públicos donde haya muchos sueldos que pagar.

Esa tarde la primera comisión llega a Palmira. Es el sitio justo, el más cercano cruzando el delta, y además, el Bebe Castro ya mencionó el rancho de su padre, donde ellos pasarían la noche. Salen en dos autos para allá, decididos a enfrentarlos y terminar con ellos.

Pero en el rancho no hay nadie cuando llega la comisión. Buscan en el monte, tratan de encontrar alguna huella y para colmo Hilario Lagos tampoco está. O acaban de salir o ya les llevan ventaja… y a dónde podrían haber ido: se habrán alejado o permanecerán en los montes cercanos.

Los fugitivos deben estar muy cerca. Eso es tan cierto como que tampoco saben a dónde pueden estar.

Es cierto, no están muy lejos. Se procuraron caballos con el paisano Osores, un baqueano, que los consiguió en una chacra vecina y recorren los montes cercanos a Palmira, pero Roscigna se decide por conseguir un auto para tratar de llegar a Montevideo, porque tiene muchos contactos en Uruguay. La policía lo sabe, pero no sabe quiénes son esos contactos. Él intenta desconcertar a la policía, imaginar qué esperan que haga y hacer otra cosa y a lo largo de esa cabalgata ha concebido la idea de seguir por otro medio hacia Montevideo, justamente porque no es eso lo que esperan que haga. El riesgo es mayor, porque es una ciudad muy vigilada, pero también hay más lugares en los cuales escabullirse y más camaradas que los ayuden.

Entonces vuelve a Palmira. A los Moretti no les gusta esa idea, pero aceptan que Roscigna los dirija. Saben que mientras que ellos son hombres de acción él es quien planea las cosas.

Osores sabe a dónde conseguir un auto y van a lo de Peralta, que más de una vez le ha facilitado un Essex que tiene y que casi no usa. El arreglo es que Osores se lo devolverá en siete días, a cambio de un dinero que Peralta acepta sin preguntar demasiado.

Van ellos solos mientras los otros esperan en un monte con los caballos. Roscigna ha cambiado sus ropas y su apariencia y hay una posibilidad de no levantar sospechas yendo con Osores.

Los comisarios Santiago y Zavala, entre tanto, han hablado con la prensa de Buenos Aires. Les dicen la verdad, que están pisándoles los talones a los asaltantes y que esperan capturarlos en las próximas horas.

Entretanto ellos han salido para La Agraciada y, sin detenerse ahí, pasan por Drabble, llegan a Soriano. Ahí paran en un bar. A alguien le llaman la atención esos cuatro hombres, entre los que pueden estar los tres que busca la policía. Ellos, sin embargo, conversan animadamente. No parecen estar preocupados ni tener demasiado apuro. Va al teléfono que está en un pasillo que lleva al depósito y habla desde ahí, mientras ellos están tomando un refresco, pero pronto siguen y cuando llega la policía, hace buen rato que salieron hacia Mercedes.

De ahí siguen para Cardona, donde Osores conoce un hotelito, justo frente a la comisaría. Piensan que nunca los buscarán en ese lugar. A la mañana siguiente salen y llegan a la Pulpería de la Lata Vieja, en Cardona. Se detienen un rato ahí y Roscigna decide que, pese al riesgo que implica, es tiempo de dejar un mensaje a la Policía, entonces se pone a practicar tiro al blanco y, ante la mirada de varios paisanos, acierta a una lata con un Winchester, un Máuser y un revólver. Ya la Policía sabrá que tienen varias armas, que saben usarlas, que no temen delatarse. Todo sale en el diario *La Prensa* de Buenos Aires. Él juega al límite con el peligro. Conoce bien ese juego.

A estas alturas, el comisario Buzzo, sabe que se trata de Roscigna. Si le quedaba alguna duda, ahora ya no la tiene. Sólo él haría una cosa así, de abierto desafío.

Al día siguiente, luego de la noticia de *La Prensa* la Policía piensa que sólo es cuestión de horas, que seguramente desde ahí se dirigirán a San José y luego a Montevideo. La ruta quedaba ahora muy clara. No resta más que mandar a una comisión a San José ya mismo. Telegrafían a la policía uruguaya que ya sale.

Una vez en San José, dan una vuelta por la plaza central, pasan por la puerta del teatro y luego siguen hacia Montevideo. Unos minutos después llegan los policías y se demoran buscándolos por el centro, mientras ellos han seguido a Montevideo y se apuran en cubrir esos noventa y cinco kilómetros de camino de tierra. Aprovechan la noche y que tanto Osores como Roscigna conocen bien ese camino.

Santiago y Zavala están muy satisfechos, pese a que se les hayan escapado dos veces por cuestión de minutos. Piensan que esa suerte no los va a seguir siempre y que caerán pronto, que no tienen mucho margen para el escape y que su detención va a ser lo que debe ser, un escarmiento.

Llegan de mañana, muy temprano. Luego de hacer un alto para descansar, y sin haber encontrado ningún peligro a la vista, van al Café De Salvo, en Millán y Vilardebó. Se quedan un rato con el baqueano Osores y más tarde se despiden de él, que se vuelve con el auto. Se sienten sucios y cansados; van a una peluquería ahí, muy cerca del Mercado Agrícola y se hacen afeitar. Salen un rato después. Es una mañana transparente y algo fresca, y esa calma los invade de a poco.

Caminan lentamente por la calle José L. Terra y de a poco se van perdiendo en ese barrio obrero, donde viven muchos anarquistas y donde se sienten como en su casa.

Es el último rastro.

En Buenos Aires la ansiedad crece pero con el correr de las horas, al desvanecerse todo rastro, comienzan a formularse las preguntas: cómo ha sido posible que escaparan en las mismas narices de la policía, que los tenía cercados y los había tenido a su alcance, porque fue por minutos que consiguieron huir. Peor para ellos, se dice el comisario Santiago, porque tarde o temprano van a caer. No se puede controlar todos los imponderables durante todo el tiempo; algo va a salir mal en uno u otro momento y entonces el policía se dice que la segunda arma que tiene es la paciencia (y los confidentes) y que en cualquier momento pase algo inesperado para los anarquistas.

Las burlas en los diarios arrecian. Parece que se han encarnizado con los policías y al mismo tiempo que los ácratas han logrado lo que ellos querían evitar: las simpatías de la gente que devora *Crítica* y los diarios anarquistas, y que les da a los asaltantes un aura de aventureros y de valientes capaces de desafiar a la policía, que los diarios muestran como torpe y que examinan las marcas del camino buscando un elefante y que se demoran en observar con una lupa sus huellas hasta que *"...de pronto sus frentes chocan contra una mole imprevista, levantan los ojos y se encuentran de narices contra el elefante"*.

Crítica se vende como pan caliente y, aunque no les convenga estar todos los días en la tapa del diario, Roscigna decide aprovechar eso en su favor y envía a Botana varias cartas con testimonios falsos de gente que los ha visto en otros lugares. Son tan precisas que

confunden todavía más a la policía que comienza a seguir esas pistas desesperadamente, buscando dar vuelta
a las cosas, pero nada.

Los asaltantes del Hospital Rawson parecen haberse esfumado.

*Fui a Uruguay tras el rastro de unos anarquistas
que escapaban y que, luego de haber sido muy perse-
guidos, se habían esfumado sin dejar rastros y luego
me sucedió una historia difícil de creer.*

Interrumpió entonces su carta porque quería elegir
bien qué contarle.

X

La vida inmóvil

Lo extrañaba a cada momento, cada día y, más que nada, cada noche.

Pero lo que me devolvían las cartas era sólo una parte de lo que había vivido aquellas noches. Era como si el que me escribía fuera otro. Ese otro que me escribía hablaba no de lo que habíamos vivido sino de lo que sentía y de lo que hubiera querido que viviéramos juntos, pero todo eso no tenía nada que ver con mi vida de todos los días.

Eso era lo único que tenía de él: lo que sentía, lo que era el centro de su vida y lo que quisiera que yo compartiera con él, pero no lo vivimos juntos.

Quizá fuera pedir demasiado y sólo debiera esperar lo que él podía darme.

Una nueva intensidad para todo nació en mí.

Volvería a buscarme, como decía. Y si volvía, qué haría yo: irme a una ciudad extraña y desconocida y una vez ahí, seguiría sintiendo lo mismo por él, o simplemente lo que sentía lo sentía por estar confinados a un cuarto, a la noche, a una intimidad que era sólo nuestra y en la que no entraba nadie más.

Por momentos todo lo vivido parecía desvanecerse y por momentos volver, más fuerte que nunca. Durante el día, con los trabajos de la chacra, lo sentía muy lejos, como si viniera de un mundo remoto que una vez se cruzó con el mío para luego seguir cada uno su camino.

Pero en las noches, a la vez que su cuerpo estaba ausente, él estaba conmigo.

También a mí me pasaban cosas. En mi pequeño mundo, en mi pequeña vida, pasaban cosas.

La más importante fue la llegada de José Ramón a la Estancia de Peralta Ramos el mes pasado. Estaría en la estancia pero tendría su propio tambo ahí.

Durante todo ese largo mes antes de irse se volvió hacia mí, a buscarme con la mirada, a decir algo cada vez que yo hablaba, a sonreírme cada vez que podía; y yo sentía en ese hombre hecho en la dureza del campo, en la del monte que había abandonado pero en el cual seguía habitando, una ternura que me daba a su manera. Aquella manera en que podía, la única. Quizá él adivinó todo, quizá se dio cuenta de mis encuentros furtivos durante el día con Zacarías, o la forma en que nos mirábamos, en esas sonrisas a medias, que algo pasaba entre nosotros y eso lo pienso también ahora, en que cada vez que me mira con esos ojos a la vez profundos y alegres está como diciendo algo con ellos, algo secreto pero firme y que queda ahí, en ese sobreentendido que nunca se convierte en palabras, algo de lo que no se habla.

A veces lo veo mirarme así, sin súplicas, con decisión, y pienso que se puede sentir de muchas maneras, que el amor que se nos da, o el que despertamos, puede ser muy diferente de lo que soñábamos o de lo que creíamos que era el amor.

Él no insistía pero siempre estaba ahí, nunca dejaba de verlo, como si supiera que esa permanencia era su única carta y la jugara siempre.

Ahora que no estaba José Ramón nos dábamos cuenta del vacío que había dejado. También él, pensé, podría venir a buscarme y entonces qué haría.

Ese primer amor, sorpresivo, intenso como quizá nada lo fuera y quizá así de intenso por venir de cosas desconocidas, por estar lleno de preguntas y de misterios, me colmaba totalmente, pero me obligaba a extrañar o a irme. A extrañar lo que quizá nunca sería del todo mío, o a irme a lugares que nunca serían los míos, en los cuales yo también sería una extraña.

Y si me fuera un tiempo, pensaba, para ver cómo me iría. Pero no. Debía ser todo o nada. Debía casarme y aceptar ese destino o renunciar a él. No quería que mis padres pasaran por eso. Siempre supe que ellos no aceptarían a Zacarías. Le tenían confianza para las cosas del campo, pero no era uno de nosotros.

José Ramón era uno de nosotros. Con él no habría noches para atesorar hasta el amanecer, no habría la ansiedad del alba y el tiempo recuperaría un eje donde

*ordenarse días, noches y mañanas, sin nada descono-
cido para hacerle frente; pero tampoco habría sueños
ni esa respiración que se corta al sentir una piel.*

*Siempre prometió que una vez establecido regre-
saría para hacer un asado y yo pensaba que si eso sucedía esa noche me pediría irme con él.*

El diario de Mamina pasó a ocupar gran parte de
mi vida. Ponía lejos todo lo que yo sentía y todo lo que
me pasaba. Sentía que al menos a ella alguien la descubrió, le enseñó el amor, sus olores, sus sensaciones, el
aire de esos susurros que se comparten, el miedo de
esas cosas que están ahí afuera, pero qué importa todo
eso, qué importa cuando hay algo fuerte que está ahí
para imponerse a todo.

Yo sentía ese vacío en mí. Siempre fui solitaria,
nunca llamé la atención de nadie y no tengo el don de
hacer amigas o amigos con facilidad. Todos me quieren
o me aprecian porque sienten que soy gentil, que soy
buena, pero no despierto la pasión de nadie. Nadie co-
rrería un riesgo por mí. Nadie me ha mirado nunca
deseándome y sin embargo soy parecida, soy como
ella, al menos físicamente. Hay años y generaciones
que nos separan pero nos unen otras cosas.

Yo siempre he deseado pero nunca he sido
deseada. No he vivido lo que ella vivió ya siendo menor
que yo y eso me une a ella. Quisiera tenerla, quisiera
contarle.

Sabía cuál fue su elección, lo que no sabía era
cómo fue, o cuándo. *Y si todo fuera mentira*, pensé, *si*

ella se hubiera creado un amante así como yo doy respuestas ambiguas cuando alguien me pregunta, esas en que no digo ni sí ni no, pero yo sé que es no.

Entonces cómo explicar las cartas de él, cómo explicar las historias de los anarquistas, personas tan opuestas a ellos, a su familia, a su vida. Y si ella los hubiera conocido luego y se hubiese inventado un personaje. Si todo no fuese más que una novela en forma de diario y de cartas escritas en noches como esas en las que yo me quedo mirando las películas en la televisión cuando debería estar en brazos de un hombre.

Y si lo buscara para sacarme todas las dudas. Si decidiera hacerlo, ¿por dónde debería empezar?

Ayer hubo un asado en la chacra para festejar que José Ramón se estableció en el tambo y que ya lo conocían en la zona por los quesos que fabrica.

Ya unos días antes vino para arreglar las cosas con mi aita. Querían festejar la venta de unos novillos y la ida de José Ramón y ya desde temprano hubo movimiento en las casas.

Yo lo veía a José Ramón y pensaba que ni compartir las mismas cosas ni vivir un amor intenso son suficientes en sí mismas. Con uno se puede vivir lo de todos los días, luchar, llevar algo adelante, vivir las mismas experiencias, hablar el mismo idioma. Con otro se puede vivir la intensidad, lo que es al amor así, hasta lo más alto o lo más profundo y hacer que todo lo demás valga la pena. Pero ninguna de las dos cosas es suficiente.

Lo veía preparar todo esa mañana, lo veía bromear con los demás y sentía que él y yo éramos del campo, de esta vida, que de eso nacía algo, un sentimiento de vivir lo mismo y sentirlo de la misma manera, que estábamos en nuestro lugar y también sabía lo que se esperaba de mí: que lo ayudara, que lo atendiera, que estuviera en ese segundo plano en que consiste la vida. ¿Y con Zacarías tendría algo diferente? ¿No era también otro segundo plano? El de estar quizá por encima de sus ideas, o de esa decisión empecinada de ir a todas partes para dar cuenta de todo, para escribirlo todo, para que esta época tan fascinante, tan única, como dice él, quede fijada para siempre por un testigo también único, alguien a quien la vida le dio esa misión. ¿Y qué sería yo en todo eso sino alguien que también lo esperaría, se preocuparía por él?

La respuesta la iba a tener cuando él regresara y yo supiera si ese amor que descubrimos, que surgió y que se impuso en nuestras vidas era una fuerza que no se podía resistir o si se había convertido en una experiencia que podría dejar atrás.

En todo eso pensaba mientras lo veía: fijaba el cordero en el asador, movía la cruz para uno y otro lado y yo sentía que esos movimientos, los de esos hombros y esa espalda, los de ese cuerpo que quizá viajó desde tan lejos para llegar hasta mí, podrían acompañarme durante mi vida, ser algo conocido o algo que perdería por un sueño, una quimera. Y si lo perdía, iba a ser para siempre. Habíamos carneado los corderos y un cerdo ayer e hicimos las tripotxas y las txistorras que íbamos a tener para hoy en que todo era una fiesta y esos trabajos de campo, tan urgentes, que es necesario hacer enseguida y para los cuales hay que trabajar muchas horas nos unen a los que los hacemos, nos unen en un silencio que nos abarca a todos. Ahora las cosas sucedían igual, con ese silencio parsimonioso sólo interrumpido por alguna risa, alguna exclamación, mientras las manos seguían moviéndose, trayendo, llevando, uniendo, alimentando el fuego, picando leña.

Terminé de amasar la harinilla de maíz para los taloa y la llevé hacia el fuego. Al lado del asador había colocado una plancha de metal y abajo había hecho otro fuego, más pequeño pero vivo en sus llamas de madera blanda. Corté algunas partes de la masa y las achaté con la mano y cuando se hicieron las di vuelta para ponerles la txistorra y el queso de cabra, entonces giré la cabeza y lo vi observarme, en la misma posición, cerca de mí y me sonrió con esos ojos y esa boca pequeña y me pareció que en su ingenuidad y en su bondad sabía cosas que yo aún ignoraba y me sentí feliz de haber hecho con mis manos algo para ofrecerle. Adiviné que lo que sentía por mí era algo que había nacido no ahora sino hacía mucho y que él habría adivinado y esperado y que ahora comenzaba otro momento, uno incierto que no sabía cuánto habría de durar.

Le tendí el taloa caliente y se frotó la mano contra su camisa como para limpiarla y poder aceptar lo que le ofrecía, inclinó la cabeza y agradeció en silencio. Supe que ese era su lenguaje conmigo, el del silencio; él, que era conversador con los demás; él, cuya pre-

sencia siempre se notaba; conmigo era tímido y ca-
llado. A su modo era una forma de respetarme, de ha-
cerme sentir ese poder sobre él. El fuego crepitaba,
vivo, nos calentaba, nos iluminaba, nos transmitía su
luz, su calor y su fuerza y ese momento, tan breve, era
algo de lo que yo adquiría conciencia y pensaba que la
rusticidad de nuestra vida tiene algo de pureza, una
que descubre los instantes, nos permite ver, nos per-
mite amar y sentir que frente al fuego, con algo que
ofrecer y que recibir, palpitamos ese momento único y
nos decimos eso que es muy sencillo y muy hondo a la
vez.

Así, entre la txistorra, el queso de cabra, la hari-
nilla de maíz y el fuego me sentí viva, sentí que esas
cosas eran inherentes a mí, me pertenecían y le perte-
necían. Sentí como si hubiera despertado de un sueño
fantástico, uno que me llevó a otros lugares, misterio-
sos, lejanos, ajenos, cautivantes, donde sólo había lu-
gar para dos personas y la intimidad de una habita-
ción. Uno donde el mundo no entraba, quedaba afuera,
pero donde aguardábamos que sucediera algo que no
podíamos saber qué era. Sentí eso y también que aca-
baba de regresar a un mundo más sencillo, más firme,
donde ya no soñaba, pero en donde no necesitaba es-
perar.

El precio era la pérdida de los colores, del paisaje
misterioso, de las voces encantadas, de las grandes his-
torias; pero ganaba el fuego, el aroma de la harinilla
de maíz sobre la plancha, del quesillo de cabra, de la
txistorra, del txacolí con el que de pronto nos encon-
tramos brindando. Brindar por qué: por nosotros, por
el momento, por la partida, por el comienzo de algo,

por el fin de algo, por la amistad; eso, por la amistad, otros se habían acercado: no era que el momento, que la intimidad se interrumpiera, sino que se ampliaba y abarcaba a otros, que éramos eso, una proximidad, una vecindad y esa fuerza absorbía el tiempo para transformarlo en un momento intraducible y era así porque no hablábamos, sólo se sentía el fuego debajo de la plancha, el fuego del asador, la suavidad de las hogazas de pan al ser rasgadas, el leve desgarro de la corteza, el cristal de la botella sobre los vasos, y nos miramos.

En las varas de hierro el aroma del cordero comenzaba a asperjarse y el crujido del cuero marcaba el tiempo que avanzaba, porque nosotros parecíamos haber perdido esa cuenta, empeñados como estábamos en la vecindad del fuego, de los rostros, de los sabores, de la intensidad de esa mañana que iba germinando en el día.

Ya con las cosas en marcha, la mesa puesta por mi ama, fui a sentarme bajo la copa de un árbol, apoyada mi espalda en ese tronco tan ancho, trabajado por un tiempo larguísimo durante el cual cinceló ahí sus curvas, anchas en su base, que se afinaban, que eran surcadas por una especie de gruesas nervaduras de la madera, curvas que creaban este respaldo, esta placidez; y desde ahí podía verlo. El txacolí, el haberme levantado al alba, el cansancio, fueron ablandándome; y desde ahí lo veía. Veía un movimiento lento pero que nunca se detenía, que se volvía hacia los otros, que se volvía hacia el fuego como quien obedece a una especie de amo del que extrae fuerza, luz y misterio; él, que iba hacia la leña, hacia el hacha, hacia la botella y que de pronto se dirigía a otros y sentí una dulzura y una cercanía que tenían que ver con la tierra de la que proveníamos.

En este mundo al que regresé no existía lugar sólo para dos personas. Era algo hecho de elementos, de intemperie, de fuego, de olores, del tiempo que lleva hacer un cordero al asador y de la especie de ceremonia en la que eso sucede, una en la cual todos éramos una parte.

De pronto un contorno surgió en esa especie de claridad quieta donde la sombra de la copa del árbol se mecía levemente. Era él, eran sus ojos así, muy cerca de los míos, como si hubiera venido a rescatarme de un lugar que parecía quedar muy lejos pero que en verdad estaba muy cerca y me ofrecía un trozo de carne recién cortada de las costillas, donde se asa más pronto porque es más delgada; y en ese momento me sentí muy cerca y a la vez muy lejos de todo, y también me sentí absolutamente feliz.

XI

El cuzco callejero

He vivido cosas tan distintas, tan extremas, que, aunque me llenen y desborden, necesitan la una de la otra, pero no, podría vivir sin todo esto, pero no podría vivir sin vos...

¿No podría vivir sin ella? No, no podría, pero tampoco con ella, piensa. Cómo podría encajar en este mundo alguien que, como ella, tuvo el valor de quererlo, de arrojarse a esa aventura, de correr riesgos, de elegir. Sí, porque ella eligió por los dos. Ella optó por no vivirlo de frente por temor a que sus padres no lo aceptaran y que lo echaran. ¿Pero realmente fue eso? También podía ser que quiso tenerlo así, para ella, con los riesgos, pero sin el compromiso de una vida juntos después. No, ella prefirió la noche, el riesgo, la aventura en lugar de la confrontación, el placer en lugar de ese otro compromiso; pero cómo podría encajar él en ese mundo, en el campo, en trabajos que desconocía totalmente y, agotada la sorpresa, qué habría para él en ese lugar si el amor se convirtiese en lo que debería ser: algo a la luz del día, algo para exhibir ante los demás, algo de lo que enorgullecerse, algo que es la elección que hemos hecho.

Pero no, este amor era una guarida íntima de dos personas; una pasión de la noche que no se podía compartir, ni exhibir y quizás por eso tuviera esa intensidad, piensa. Quizás sea que el amor tiene varios momentos, aquel en que descubre, se rinde, elige y es elegido y luego se pierde una vertical, un control, una razón y sólo se sabe de caricias, besos, murmullos, respiraciones, cuerpos que giran, que se fusionan, que llevan a sensaciones nuevas, muy altas con su vértigo, que dejan su cauce y se desbordan. Llevarlo a la luz del día sería como querer encajonar el viento, como querer apresar la noche y dejarla así, sin transcurso y ella había elegido eso y él la había seguido; para los dos era un mundo nuevo con el que no sabían qué se debía hacer y sólo se rendían, sólo se dejaban llevar porque era lo único que tenían; no podían hacer otra cosa.

En un momento mágico, como fuera del tiempo, confinado como estaba sólo a la noche, quedaron en el extraño vértice de esa Buenos Aires convertida ya en la ciudad que no dormía nunca, la de las historias de anarquistas, la de la violencia, la de los atentados, la de las persecuciones. De pronto otro espacio se abrió pero ahora era ese espacio el que quedó en suspenso, como si levitara. Era ese espacio el que giraba en imágenes, en recuerdos, lleno de preguntas, lleno de esperas.

Yo también vivo el riesgo. Es de los otros, es cierto, pero algo también es mío. Te admiro por los riesgos, los tuyos, los que corriste, los que te hice correr. Ahora que vivo desde lo prohibido me doy cuenta y más hoy, que veo las cosas desde la distancia.

Si los detuvieran cuando yo estoy ahí también caería con ellos, pero sólo soy un cronista, alguien que está en ese lugar para ver lo que hacen otros y contarlo. La calle es un fragor de cosas, un escenario, y es preciso captarlo. Pero no, estas cosas te pueden asustar, podés preocuparte por mí o, lo que es peor, pensar que esta vida es más importante que estar con vos o que no he ido a buscarte porque esta vida me separa de lo nuestro. Lo que sucede es que estas cosas suceden, arrastran mientras suceden, son únicas, no se repiten; pero pronto voy a volver ni bien esto haya pasado.

Pero valió la pena esta aventura porque pude encontrarlo, pude estar con Roscigna en Uruguay. Lo que la policía no pudo pude hacerlo yo: dar y estar con él, entender que nada de eso había terminado, que el del Rawson fue un golpe más...

Si le pongo eso, pensaba, *¿le interesará o, por el contrario, sentirá que me alejo?* ¿Cómo poner en el papel todas aquellas cosas que él había vivido?

Pese a que todo salió bien, a que la suerte los acompañó, Roscigna sabía que los riesgos aumentaban y que eso se haría incontrolable cuando los errores que estaban cometiendo los demás rompieran esa suerte delgada que los salvó hasta entonces, porque sabía, además, que esa suerte no duraría para siempre, que la suerte está con nosotros cuando la favorecemos, pero no cuando la ponemos a prueba.

Se lo decía antes de volver a Buenos Aires. Había venido a Uruguay huyendo, para mantenerse a salvo, sabía que en Buenos Aires era hombre muerto, más todavía luego de lo del Rawson, pero después de lo que pasó en Montevideo debía regresar, aunque fuera peligroso y ese cerco de peligros no le gustaba. Era un signo.

Luego de escapar de la policía y de lograr perderse en ese barrio obrero, los Moretti hicieron venir a sus compañeras con sus hijos y fueron todos a vivir a la bohardilla de una casa en la calle Rousseau y Villa de la Unión, donde lograron sobrevivir casi en la miseria gracias a la venta ambulante de corbatas.

Se les unieron tres fugitivos catalanes que huían por estar condenados a muerte en Barcelona, donde dieron muchos golpes violentos, hicieron estallar bombas y escaparon de una prisión militar. Odian a los militares y han atacado a algunos en la calle, haciéndolos desvestir y disparándoles entre las piernas, pero vienen recomendados por Durruti, que invita a Roscigna a ir a Barcelona; sin embargo, él contesta que tiene mucho para hacer aún en la Argentina, donde la lucha lo atrae.

Así, de a poco, van combinándose las piezas que irán cercándolo lentamente.

Roscinga advierte el desastre. Cuando se ha logrado salir indemne de algo no se puede tentar a la suerte y en Uruguay conviene pasar inadvertidos; es la manera de ponerse a salvo, hacer que no hablen, que no sepan en dónde buscar; también la de seguir ayudando a los presos y a sus familias. *En Buenos Aires la campaña por Radowitzky tiene gran eco popular y un hecho de violencia que se pueda identificar con los anarquistas la dañaría irremediablemente,* piensa. Cuando ve que a los Moretti y a los tres catalanes les pesan las armas intenta convencerlos, pero se da cuenta de que es inútil. Se pregunta si cuando caigan serán leales con él o lo delatarán.

El movimiento de aquella mañana en la calle es diferente. Pasan varios autos de policía con sirenas y el kioskero dice que ha habido un asalto muy grande, con heridos y muertos. Cuando Roscigna escucha eso se da cuenta de que han sido los Moretti y los catalanes, pero ¿quiénes habrán sido los muertos?, ¿alguno de ellos u otros? Si fueron ellos, van a poder identificarlos y vincularlos con él; y si fueron otros, la persecución en su contra va a recrudecer. Al no poder identificar a delincuentes comunes se van a dar cuenta de que deben ser los anarquistas a los que no pudieron detener por lo de Rawson.

Comienza a caminar. Hay mucho movimiento apenas se va acercando al centro. Se da cuenta de que es peligroso estar ahí pero necesita saber qué sucedió. No se atreve a preguntar. Camina sin mucha decisión, piensa que caminando podrá pasar como un transeúnte más y sigue. Hay mucha gente frente a la Casa de Cambio Messina donde un rato antes cinco hombres entraron a los tiros. No les importaba pasar inadvertidos, al contrario, fue como si se hubieran propuesto justamente lo otro, hacer algo violento, intranquilizar, hacer notar su poder.

Una vez hecho el asalto salieron rápidamente, cubriendo su retirada a los tiros. Siguieron disparando mientras los persiguieron durante muchas cuadras. No paraban de tirar; y cuando finalmente se alejaron, en la calle quedaron tres muertos y tres heridos. Roscigna se acerca. Ya se han llevado a los heridos y quedan tres cuerpos ensangrentados, uno en la vereda, al lado de un auto: es el chofer de taxi que no quiso llevarlos; en el local, le dicen, hay dos muertos más: el agenciero Carmelo Gorga y el empleado Dedeo. *Los han matado apenas entraron*, piensa. *Sin darles tiempo a nada.*

Ha sido un golpe salvaje, se dice, *violento, sin sentido.* Nunca podrá terminar bien. Ha sido muy cerca de la Casa de Gobierno y ahora todo el poder se va a poner detrás de todos los anarquistas, porque ya hay quienes escucharon el acento de los catalanes y la policía enseguida sabrá quiénes son cuando reciba informes de la policía española; y es cierto: en cuanto se enteran, la policía piensa que se trata de Durruti, los Ascaso, Jover y Cortés.

Hay mucha indignación en la gente: un chofer, un empleado, un agenciero conocido, querido por todos y se pregunta qué necesidad había de todo eso, pero ya es tarde, piensa, y también que cuando se usa la violencia siempre hay algo que no se puede manejar, algo que se independiza y la hace incontrolable. *La violencia*, se reprocha mientras vuelve, vigilando a los demás ante el peligro de ser reconocido o seguido, *siempre termina siendo incontrolable.* Él se propuso usarla sólo cuando fuera necesario para un golpe pero se da cuenta de que siempre que la hay algo, en algún punto, se sale de cauce.

Va cavilando por las calles. Llega a la entrada de la casa, se confunde con todos los que a esa hora están entrando y saliendo, pero sigue hacia la pieza y se encierra.

Mientras, ya la policía se ha puesto sobre la pista. Igual que en Buenos Aires, se imponen los policías partidarios de métodos violentos para eliminar a los anarquistas: asesinarlos, hacerlos desaparecer, volver locos a aquellos a los que se puede detener para que hablen. El comisario Pardeiro es de esa escuela y sabe que con eso y una buena red de informantes a quienes presionar a la larga va a dar con los anarquistas. A los informantes hay que seguirlos de cerca, sorprenderlos en algo y si no se puede, entonces plantarles un arma, un par de testigos falsos y luego presionarlos con eso. No falla.

Esa misma tarde se ha puesto en marcha. Hacen varias redadas y se llevan a un par a la comisaría, pero no pueden averiguar nada. Nadie parece conocer a los españoles. Varios días de eso no han dado resultado y entonces, cuando temen que vuelva a pasar lo del Rawson, llega la confidencia: los asaltantes de la Casa Messina vivirían en los altos de una casa en la calle Rousseau 41. Para no hacer el ridículo pone a un informante en un puesto de flores en esa esquina. Parece ser cierto. A lo largo del día se ve a cinco hombres, dos mujeres y varios chicos. Pardeiro mismo observa sus movimientos escondido tras las persianas de un negocio ubicado al otro lado de la calle. Reconoce a uno de los Moretti.

Un estremecimiento lo recorre y se dice que debe asegurarse de que no escapen, arrestarlos antes de que se den cuenta de su presencia.

Esa misma madrugada, a las cuatro de la mañana, irrumpen en el lugar varios camiones con soldados. Aparecen de uno en uno para no sumar demasiado ruido y al aparcarse van cercando la cuadra. También se estacionan cincuenta bomberos, con autobombas y escaleras, que se incorporan a los trescientos soldados y a la policía que desde mucho antes ya está apostada en el lugar.

Los camiones del ejército vienen equipados con reflectores. Cortan la corriente eléctrica de la casa y, cuando todo está listo, simplemente dejan pasar el tiempo, esperando a que los moradores despierten. Llora uno de los niños y cuando la madre despierta ve que en cada ventana hay varias cabezas de hombres con armas largas apuntándoles. Grita y todos despiertan. Los Moretti se dan cuenta de que no se pueden resistir, están sus compañeras y sus hijos y deciden entregarse; pero cuando levantan las manos, Antonio Moretti se lleva el arma con la que dormía a la sien derecha, jala el gatillo y se dispara. Cumple con su promesa de nunca caer vivo en manos de la policía. Todo dura un par de minutos.

Lentamente la policía se los va llevando a todos. Ha sido una operación limpia, bien montada, grande, un verdadero escarmiento, como para sacarles las ganas a esos anarquistas de intentar cualquier cosa, o dar nuevos golpes o tratar de rescatar a los detenidos. Ya ajustarán cuentas en la comisaría.

Los presionan pero nada. Vicente Moretti entiende la situación en que han puesto a Roscigna y entonces dice que el herrero no tiene nada que ver con lo del Rawson, que han sido ellos, que a Roscigna no lo ve desde hace mucho, que sabe que estaba viviendo honestamente, pero que ignora su paradero, aunque cree que sigue en Buenos Aires.

Sin embargo el dueño de la casa de la calle Rousseau, cuando le muestran las fotos, lo reconoce. Ese hombre estuvo hace unos días para hablar con los Moretti.

Pardeiro sabe entonces que el verdadero cerebro de todo, el hombre al que más le interesaría detener está justamente ahí, en Montevideo, y cree que él es el verdadero autor del asalto a la Casa Messina. Pero ¿dónde está? Luego de esto se va a ocultar mucho mejor y no se va a dejar ver por nadie que pueda delatarlo. Tiene un sexto sentido para eso y Pardeiro lo sabe. Se pregunta dónde, cuándo y cómo lo encontrará, porque adivina que ahora va a ser más difícil hallarlo.

Pasan los días, presionan a los informantes, hacen nuevas redadas, recorren las calles, pero nada, es como si de nuevo se lo hubiera tragado la tierra, igual que con lo del Rawson.

Pero pronto, por las noticias que vienen de Buenos Aires, como el asalto a los establecimientos Kloeckner y al pagador de Obras Sanitarias, golpes muy grandes donde roban mucho dinero, se da cuenta de que se le ha escapado de nuevo. Se endurece la policía, sus métodos son más violentos, pero no cesan los ataques por eso.

Sin embargo, algo le dice que sólo es cuestión de esperar, que Roscigna va a volver a Uruguay para dar algún otro golpe, posiblemente para liberar a camaradas presos, ya que ha sabido por Bazán que los golpes son para eso, para la ayuda a los presos y para financiar algo, pero qué, y además cuándo y cómo.

No se equivoca.

Ya ha empezado a organizar el próximo golpe, con tanto éxito como el del Rawson.

Un galpón de chapas, con vivienda, está siendo montado en la calle Solano García, donde antes había un terreno, justo enfrente de la cárcel de Punta Carretas. Es de un matrimonio de italianos que ha venido de Buenos Aires a instalarse con una carbonería: *"El buen trato: venta de carbón de leña y piedra"*, dice el cartel. El negocio es de Gino Gatti, la policía lo sabe porque lo ha investigado bien, como hace con todos los que viven cerca de la cárcel. Pero todo está en orden y una vez que empiezan a trabajar, toda sospecha queda atrás. Pronto son personas queridas en el barrio, que hacen honor al nombre del negocio porque son muy atentos, serviciales y trabajadores. Todas las mañanas, muy temprano, Gino Gatti sale con el carro que le ha comprado a Benjamín Dominici, el anterior carbonero, a hacer el reparto.

Pasa el tiempo, crece el número de clientes, crece la demanda, el negocio marcha muy bien. Trabajan muy duro para eso: el reparto es cada vez más grande, los clientes vienen cada vez más. Ya se han hecho al barrio. Hablan con la gente y siempre hay alguien en el negocio y todos se sorprenden cuando el carbonero les anuncia que han decidido volver a Buenos Aires y es sincero, le da pena irse de un lugar en donde los aprecian. Uno a uno, con su sonrisa de siempre, estrecha las manos de sus clientes y luego de desearles un buen día se marcha con su familia y sus pocas pertenencias.

Pasa el tiempo, hasta que una tarde los vecinos ven salir gente por los fondos de la carbonería y empiezan a los gritos.

Algo raro también parece haber pasado en el patio de la cárcel, durante el recreo. *Todo está tranquilo pero las cosas no son como siempre*, se dice el guardia que está vigilando a los internos. Ahí está Erwin Polke, el falsificador. Siempre ha vivido como un asceta, sin querer nada para sí, arreglándose con lo imprescindible, durmiendo en piezas en las que usa un cajón de manzanas como mesa de luz. Vive ajeno al mundo hasta que le traen una falsificación para hacer. En ese instante renace, es único. Ahora tiene para mucho en la cárcel, pero igual hace falsificaciones desde su celda, con cosas que le traen. *Un artista*, piensa, *es un artista siempre, esté donde esté, por eso no lo pierden de vista y ahora juega solo al ajedrez, tranquilamente, en el centro del patio.*

A lo mejor, piensa el guardia, *eso es lo extraño*. No se oyen casi voces ni diálogos, sólo se ve a Polke jugando, como si estuviera ahí justamente para eso, para que todos lo vean. Varios pasan para el baño, eso también parece raro pero lo parece ahora, que empiezan a sentirse los gritos que vienen de afuera. Es entonces que la escena adquiere sentido.

Los gritos siguen, es raro en el barrio a esa hora y salen varios policías y guardiacárceles que empiezan a rodear la carbonería. Aparecen otros dos hombres tratando de salir por el fondo. Vuelven a entrar pero ya les han dado la voz para que salgan. Entonces sucede lo increíble: los guardiacárceles reconocen a dos internos, uno de ellos es Aurelio Rom, cuñado de Antonio Moretti; los que salían de la carbonería estaban fugándose de la cárcel.

La policía entonces entra al local y se encuentra con un pozo que lleva a un túnel iluminado, ventilado y apuntalado con vigas de madera, como si fuese una mina. Es perfecto. Cabe cómodamente un hombre casi erguido y se hunde y extiende en la tierra. Cada veinte metros hay una campanilla de alarma.

A partir de ese día Gino Gatti será conocido como "el ingeniero"; él ha hecho el túnel, junto a Roscigna; Vázquez Paredes; el "capitán" Paz y el rosarino Fernando Malvicini. Avanzaron hasta la noche antes, calculando distancia y tiempo para abrir el boquete final en el baño durante el recreo de la tarde. Llegaron hasta cincuenta centímetros del final y dejaron apoyado el crique de una de esas enormes chatas de cuatro ruedas grandes de carro para llevar carga. Durante esa última jornada lo único que tuvieron que hacer fue accionar el crique hasta que levantó el piso.

El primero en salir fue Moretti, que apenas pudo fue al baño sin alertar demasiado a los demás, luego lo siguieron los otros ocho. Varios eran presos comunes que aprovecharon la situación.

Roscigna les cumplió; todo lo que obtuvo en los distintos botines lo usó para ayudar a las familias y liberar a los presos.

La policía hierve de indignación contra ese hombre al que nunca puede atrapar y el comisario Pardeiro se pregunta si pasará igual que con lo del Rawson y la Casa Messina y una vez más volverá a escapar.

En los fondos de la carbonería los esperaban tres autos y aguardan aún unos momentos más mientras se escuchan los gritos; pero cuando ven a la policía, deciden partir rápidamente. Nueve son los que han logrado escapar, entre ellos los tres catalanes, y van a esconderse y a pasar la noche en lo de un camarada, en la calle Legionarios; pero al otro día se separan.

Roscigna no deja de lamentar que fuesen los tres catalanes quienes aprovecharon la huida y no Polke; los españoles son tipos problemáticos y que los pueden meter en problemas. Moretti va con Roscigna, que está parando en un escondite seguro donde hay siempre mucha gente y nunca serán visibles. Es una casa grande y larga en la calle Curupí, cerca de la avenida Flores, cuya parte delantera sirve de local al Partido Colorado Radical del Uruguay. Entra y sale gente todo el tiempo y son tantos que ninguno llama la atención; nadie va a pensar que puedan esconderse en un lugar donde sean muchos los que puedan verlos e identificarlos, pero es así.

Roscigna ha alquilado la pieza del fondo. Sale a la calle vestido de una manera distinta a su forma usual. Se pone saco-pijama, un pantalón de trabajo, gorra y alpargatas; pero, igual que en la fábula del escorpión y la rana, su verdadera naturaleza es más fuerte que él; así que cuando va al quiosco todas las mañanas le dice al canillita que le dé el "pasquín burgués que habla de los asaltantes". Un día, y al siguiente, ese hombre al que suele ver hablando con los vecinos, o en la puerta del local del partido le pide el diario así. No le conoce actividades, no lo ve salir al trabajo y cada día le dice lo mismo. El canillita también lee los diarios y le llama la atención que le interesen esas noticias, de las que todos hablan y en las que él mismo empieza a poner atención. Entonces va y se lo dice al comisario de la seccional del barrio que enseguida manda a dos agentes para que esperen al hombre con el saco-pijama. Pero esperan y nada.

Esa misma mañana anda la perrera por la calle Curupí. Es un carro con una jaula donde ponen a los perros vagabundos que un hombre con un lazo va cazando. Hay que estar muy necesitado o ser muy malvado para hacer ese "trabajo" y hay un cuzco lanudo color té con leche que al oler al cazaperros se ha dado cuenta del peligro. Primero se alza de la vereda donde está acostado a la sombra de la copa de un árbol y le muestra los dientes y le gruñe al cazador, quien inclinándose y pegado a la pared se acerca con el lazo; cuando se lo tira, el perro se incorpora y sale corriendo. Él comienza a correr tras el perro. Se acercan a la casa y le tira de nuevo el lazo, que le roza el lomo pero no lo engancha, el perro corre pegado a la pared a todo lo que le dan sus patas, dobla y resbala en la puerta de la casa de la calle Curupí, se mete entre la gente y sigue para el fondo. José Sosa, un ex penado que está a cargo de esa faena, sigue persiguiéndolo aunque se haya metido en una casa. Entra al cuarto del frente, rodea a todos, intenta quedarse bajo una mesa, le gruñe, pero finalmente sale, llega a la galería y sigue para el fondo. El ex penado continúa persiguiéndolo y el perro se refugia bajo el sillón de mimbre de un hombre que está tomando mate en la puerta de la pieza, que le dice a Sosa: «Deje tranquilo al pichicho, amigo», en un tono que es contemporizador y de desafío al mismo tiempo. Lo invita a dejarlo en paz pero en un tono que tiene algo de amenaza. El otro hace una inclinación, hace como que protesta y sale rápidamente, muy satisfecho, deja el carro y de ahí se va para la comisaria, es que ha reconocido a Vicente Moretti, con quien estuvo preso en la cárcel de Punta Carretas cuando lo condenaron por rufián y carterista, alojados en el mismo pabellón.

Unas horas después ya hay tropas del regimiento de caballería para tomar la casa y mientras una parte de la columna se queda en la calle otra comienza a entrar silenciosamente en el recinto y el teniente que va adelante ve a un hombre de espaldas, tomando mate tranquilamente. *¿Qué hará?,* se pregunta, y con un gesto ordena a los hombres apostarse, entonces, como adivinando algo, Moretti se da vuelta y los ve, medio centenar de soldados apuntándole con armas largas (nueve días le ha durado la libertad) y apenas los ve sale Roscigna de la pieza con una toalla. Se queda paralizado. No lo esperaba.

En ese breve instante ve mil cosas: que ahí termina todo, la libertad, las huidas, los escondites y eso no lo sorprende. Siempre supo que antes o después todo iba a terminar así. Mucho es lo que ha pensado en este momento que ahora lo sorprende, si debe hacer lo que Antonio Moretti, o resistir hasta la última bala para que lo maten y no tener que ir a la cárcel, o si simplemente mostrar que no tiene temor, hacerlo con entereza, con sobriedad, sin violencia, sin gritos y, más que nada, sin lamentaciones y, cosa rara, en ese momento le vino la imagen de Rissakoff, un anarquista ruso al que llevaban atado a la horca y que se defendía mordiendo.

No quería para él nada patético ni nada emotivo, simplemente era el momento de probar que él era distinto, que acataba su propia ley, que aceptaba que le sucediera eso porque estaba seguro de que lo que había hecho era correcto y de pronto era como si se hubiera dividido en dos, uno hacia adentro y otro hacia afuera.

El que estaba hacia afuera pensaba que era inútil resistirse, además así, desarmado y componiendo un semblante adusto; trata de no agobiarse, de mantenerse derecho en su baja estatura, de mirar de frente a quien comandaba el pelotón, como si lo desafiara. Al fin y al cabo, él hacía esto por convicción y ellos, como los llamaría cuando Zacarías lo entrevistara en la comisaría días después, sólo eran "los sirvientes mal pagos de los explotadores y de los burócratas del poder". Pero el que había quedado hacia adentro veía todo claramente:

ahora sí que se iban a cobrar lo del Rawson, lo de Obras Sanitarias, lo del Banco de San Martín y hasta lo de Casa Messina, ese golpe que él no pudo evitar. Sentía que todo eso le venía súbitamente encima y recordaba aquella mañana en que el comisario Buzzo lo liberó, esa sensación de libertad, ese olor a pan recién horneado en las primeras horas del día y esa otra sensación de tiempo que se acaba, de que aquella era, efectivamente, la última vez, que había recuperado una libertad momentánea que acababa de perder y esa sensación de muros altos, grises, de ventanas estrechas y con rejas, de torturas, de gritos se cernió sobre él, aplastándolo, y hubiera querido gritar porque sabía que ahora no iba a poder salvarse. Era como si su vida hubiera terminado ya, de pronto, y que ahora sólo restara ver la manera en que iba a acabar, si ante un pelotón de fusilamiento, en Ushuaia o en el fondo del Río de la Plata. *Cómo será de tétrico y solitario ese fondo de agua, sucio y enorme*, pensó.

Todo eso sucedía durante un segundo, igual que si el tiempo se hubiera detenido. Veía los fusiles apuntándole y a los soldados inmóviles. O lo estaban efectivamente o el tiempo en su mente iba mucho más rápido y lo que era una eternidad para él era sólo un minuto para los soldados y también que siempre había habido un tiempo distinto entre él y sus perseguidores, que las cosas para él iban siempre más rápido, pero que acababan de detenerse.

Lo demás fue borroso, como si él ya hubiera abandonado su cuerpo y vagara por una especie de limbo donde sentía voces, gritos, empujones; un limbo donde, perdida su capacidad de moverse, era llevado en el conjunto de esas imágenes borrosas. El tiempo ya no transcurría, sino que venían escenas; lo hacían subir, lo hacían bajar, lo hacían entrar, le preguntaban cosas.

La policía los exhibía, contestaba así a meses de burlas, se recuperaba de la frustración de haberle perdido el rastro tantas veces, algunas por cuestión de minutos, pero ahora no importaba, el mensaje era muy claro: no era posible escapar de ellos. Antes o después caerían, por obra de una información o de una casualidad, no importaba el medio, sólo importaba eso, que no era posible escapar, que en algo así el éxito puede ser resonante pero es siempre momentáneo.

Le quitan los anteojos, le sacan fotos, lo empujan al hacerlo entrar o al hacerlo salir y de pronto está en el patio de la comisaría, enfrente hay hombres con cámaras fotográficas y otros que le hacen preguntas. Reconoce a uno que, serio, lo mira con sus ojos claros y lo reconoce, reconoce a aquel cronista de *La Antorcha* con el que habían estado en la pensión con Durruti aquel día y lo saluda.

Todas las preguntas se superponen, se parecen, y se dice que esa quizá sea la última oportunidad de hablar y entonces les dice que mientras que el Ejército, la Policía y la Iglesia son financiados por el Estado al servicio de los explotadores, la lucha libertaria debe hacerse sin ayuda y que realizarla es la única manera de batallar por un mundo más justo, sin opresores ni oprimidos, sin ejércitos, sin poder; y para llevar a cabo esa contienda, para nivelar esas fuerzas, es necesario y legítimo usar la violencia para quitarle a los que tienen el poder la riqueza que han usurpado y así poder enfrentarse a ellos.

«¿Aunque caigan inocentes?», pregunta alguien y él no responde.

Todo lo que vino después, fue igual de rápido.

El comisario Fernández Bazán lo quiere en Buenos Aires. Sabe que lo único que se puede con gente así es eso, aplicarle la ley Bazán. No valen de nada los procesos ni los años de cárcel. Hay que cortar por lo sano y él, que ha sabido ser paciente, se dice que ya terminó el tiempo de esperar y apura las cosas. Habla con el ministro Sánchez Sorondo y de pronto la Argentina pide la extradición.

Roscinga se sabe perdido. Apenas ponga un pie en el puerto y se cumplan las formalidades van a fraguar un intento de escape y con esa excusa lo asesinarán ahí mismo.

Entonces se acusa de ser el autor de la fuga de penados de la cárcel de Punta Carretas y de robar los tres autos para la huida. Al menos le darán seis años. Un tiempo ganado a la muerte. *Pero una vez que transcurran*, se dice, *será el final definitivo*.

Ha logrado vencer a la policía de nuevo, pero esta vez es a un plazo fijo.

Aunque aún ignore cómo, sabe lo que pasará una vez que cumpla la condena.

Y eso sucederá en seis años. Aunque Uruguay le negará la extradición, le aplicará el edicto de indeseables y, una vez cumplida la condena, como estaba arreglado, los expulsarán para Buenos Aires (para ese entonces Zacarías estará peleando con las brigadas internacionales en la Guerra Civil Española).

Será una fecha que el comisario Fernández Bazán habrá esperado mucho. Luego de ella se cobrará esos seis años de espera, lo del Rawson y todo lo demás. Llegado el momento recibirán a los detenidos y luego irán trasladándolos de una en otra seccional y a todas ellas peregrinarán su hermana y el secretario de la comisión pro presos. En La Plata le dirán que está en Avellaneda, en Avellaneda que lo han llevado a Tandil, hasta que un pescador de la Isla Maciel dirá haberlo visto en Dock Sud y luego, como si esa noticia fuera una señal, desaparecerá todo rastro.

Sin embargo, seguirán buscándolo hasta que un oficial de Orden Social de la policía les dirá que, junto con Vázquez Paredes y Malvicini, les aplicaron la ley Bazán y los arrojaron al Río de La Plata, convirtiéndolos en las primeras personas desaparecidas por la represión.

El esfuerzo dará sus frutos, Fernández Bazán será nombrado subjefe de la Policía Federal en 1947.

Algo asombroso me ha sucedido, pero no sé si contártelo ya o esperar a verte. Necesito verte. Necesito abrazarte. Necesito que me des esa sensación de paz y firmeza. Espero verte pronto y llevarte conmigo...

XII

Tiempos del verbo amar

6 de octubre de 1923.

Pasan los meses. José Ramón me ha pedido casarme con él. Me lo dijo aquel mismo día del asado y no le contesté. Pero de lo que quiero hablar es de lo otro, porque casarme con él es algo natural. Es lo que debo hacer. Si lo hago, sé que en mi vida no habrá sobresaltos, no habrá dudas; todo irá por donde es debido.

El amor a veces nos obliga a hacer lo contrario de lo que queremos. Algo imposible. Nos arroja en aquello que sí es posible. Por despecho, para olvidar; o también porque puede que sea lo mejor, lo único verdaderamente real.

¿Pero yo quería irme con José Ramón o era lo mejor que podía hacer para alejarme de aquel amor que además de intenso era imposible? Crecía en mí la impresión de que, aunque pudiéramos estar juntos, ese amor igualmente era imposible o que tenía posibilidades de subsistencia en determinados espacios, en determinados momentos.

Pero ¿y qué pasaría el resto de la vida?

8 de octubre de 1923.

Después de meses sin cartas, de meses de no saber de él, de pronto vi una nube de polvo del camino que llegaba desde Mar del Plata. Un auto se acercaba a la hora en que ya no suele llegar nadie. Tuve la certeza de que él venía ahí.

¿Y yo qué sentiría al verlo? ¿Qué le diría?

Venía con Julián Otxandorena.

El Oakland verde se detuvo y ellos bajaron.

Él se quedó de pie al lado del auto y yo me quedé inmóvil.

Era el instante en que mi vida se decidiría para uno u otro lado.

Sería alejarme de todo, rendida a ese amor; irme con él o quedarme para siempre.

Era una cosa o la otra y el tiempo iba a ser poco. No tendríamos mucho para hablar porque no había motivos, salvo que volviera a llevar las cuentas de la chacra para que él se quedara, y si no lo hacía, no habría oportunidades de estar solos, de hablar... Las cosas se decidirían pronto.

Julián fue a donde estaba mi aita y nosotros seguimos ahí, inmóviles, hasta que yo me acerqué de a poco. Hubiera querido abrazarlo y lo abrazaba, sí, con la mirada, lo mismo que él. Me di cuenta de todo lo que sentía, de lo que él producía en mi cuerpo. Yo desbordaba. Toda yo era como una flor que se abría ante determinadas condiciones, algo que siempre me sostenía acababa de perder su centro y yo caía en un abismo muy dulce. Lo necesitaba. Me di cuenta de que ningún otro cuerpo iba a ser como el suyo, que no iba a sentir con nadie lo que sentía ahora, lo que había sentido aquellas noches. Él estaba en mi cuerpo, íntimamente, formaba parte de él. Mi cuerpo se despertaba al verlo como de un letargo en el que ignoraba estar. De pronto todo se hacía vívido, a flor de piel, todo lo que sentía por él mientras que lo demás entraba en un cono de sombras que se oscurecía, que quedaba muy lejos; y supe que en ese cono de sombras iba a vivir el resto de mi vida, cuando se marchara.

Lo demás podría permitirme seguir viviendo, aun hacerme sentir momentos de felicidad, pero con Zacarías se iba a marchar el sentido de todo, el orden del amor; luego de él sería como si mi fuego hubiese ardido de una vez y para siempre; luego todo podría ser incluso bueno, pero no iba a ser así de arrebatador; nada ya podría traspasarme como él.

Su sola cercanía me hacía vibrar, me hacía estar toda yo a flor de piel y lo hubiera llevado a mi cuarto en ese mismo momento.

Sonreímos, caminamos hacia el monte a donde yo fui aquella vez a recoger leña chica y a verme con él.

—Vine a buscarte —me dijo—. Sé que es mucho lo que te pido, que es demasiado, pero la vida es así, es esas decisiones. En estos meses...cuánto hubiera querido estar con vos, abrazados, sentirte, sentir tu piel, tus caricias, tu boca... sin vos, las cosas en mi vida es como si navegaran a la deriva, sin nada que pueda atraerlas...

—*Sé que lo que siento es algo que nunca más voy a volver a sentir. Que no habrá otro amor así en mi vida, lleno de esta sed, lleno de fuego, de pasión, de aventuras...y también sé que si dejara el campo, apenas lo hiciera dejaría de ser yo. Que esta pasión se marchitaría con el peso de la vida de todos los días en un lugar ajeno; que por horas y horas estaría esperándote en un lugar donde sería extranjera, extraña, sin otra cosa que hacer que sentir nostalgia por mi mundo, uno donde tu amor no me pertenecería por completo porque sería tu ciudad, tus padres, tus camaradas de ideas. Acá tuvimos una intimidad exclusivamente para nosotros, sin otros sucesos, sin nada de la vida exterior que pudiera venir a filtrarse. Allá viviríamos otra cosa, un mundo donde lo nuestro estaría confinado, no sería el centro de todo y eso, esa imposibilidad de vivirlo como lo único, de dedicarle toda la atención, lo corroería como un óxido, una podredumbre, y haría evidente que somos dos personas muy distintas...*

—*El amor no necesita que las personas sean iguales, el amor sólo necesita que la persona que amamos sea lo más importante, aquello sin lo cual nosotros no somos nosotros mismos. Es lo que sentimos, no de donde somos, ni a donde pertenecemos.*

—*Eso es ahora, porque teníamos...* —Era la primera vez que decía *teníamos, tuvimos, sentimos, vivimos,* todo en pasado, como si ese amor no hubiese podido ir más allá de ese cuarto de hora que parecía haber concluido— ...*ese espacio propio para el amor, ese lugar, esas horas destinadas sólo para servirlo a él, a su intensidad, a su fuego. Si tuviéramos que compartir el día a día en un sitio extraño todo sería diferente.*

—*Es que ya no me querés ...es que mi ausencia, mis idas y vueltas te hicieron sentir que...*

—*Nunca voy a dejar de quererte, este amor es algo que va a ir más allá de mi propia vida, vivirá cuando yo ya no esté; tan decisivo, tan fuerte es que no terminará en nuestras vidas; pero sé que funciona de este modo, que acaso no haya otro posible, que en otro lado sería otra cosa y me di cuenta de que a veces el amor más grande es renunciar a él, al otro, a estar juntos.*

—*Este es nuestro momento, el único que tenemos. Si termina...*

—*...habremos tenido lo que tuvimos y eso nos va a acompañar siempre.*

Sentimos un grito. A lo lejos Julián hacía señas de que se iban.

—*Voy a estar hasta pasado mañana en lo de Julián. No me contestes ya. Pensálo. Lo que vaya a pasar ahora es algo con lo que vamos a vivir siempre.*

—*No podés ingeniártelas para volver esta noche ...son noches destinadas a vivir para siempre. Si podés, te espero en la parte de atrás de la casa, como antes... ¿Él sabe?*

—*Sí, sabe. Es el único. Le voy a pedir el auto y voy a volver esta noche.*

—*¿Y vos por qué no te podés quedar acá?, empezar algo, no sé...*

—*Es cierto, te estoy pidiendo dejarlo todo simplemente porque yo no puedo dejarlo todo. No puedo dejar la carrera, el diario, a mis padres ...y no sé qué podría hacer acá... ellos no me aceptarían, no soy un hombre de campo...*

—*Es Buenos Aires, la ciudad que nunca duerme, el escenario de tu vida, me doy cuenta, y todo lo que pasa ahí y todo lo que seguirá pasando...es tu medio, igual que para mí lo es el campo...y es cierto, mis padres no sé si lo aceptarían ...José Ramón es uno de nosotros, es basko, como ellos, y...*

—*¿Quién es José Ramón...?*

—*Alguien, alguien muy bueno. La vida no se termina en Buenos Aires ni en los anarquistas. A nosotros también nos pasan cosas. No son como esas, pero sí son importantes para nosotros, son nuestra vida. Acá hay hombres como José Ramón que sólo viven para el trabajo y para los demás. Vos pensabas que acá iba a estar todo detenido. Que el tiempo iba a estar detenido en el trabajo del campo, en esas cosas que acá hacemos igual que en euskal herria, y que los que vienen de Buenos Aires tendrán como cosas brutas, cosas de pastores, de lecheros, de criadores de ganado, de hombres que alzan piedras o se suben a un tronco y lo cortan con un hacha ...pero no ...eso nos une a la tierra. De la tierra sacamos todo. Lo hacían en el caserío, vivir con lo que se hace y se puede sacar del suelo árido del monte, cambiar algunas cosas por otras que no se hacen... y en la ciudad eso no es así. Todo es rápido, todo se compra y se vende y "pasan cosas", "la ciudad nunca duerme". Acá sí, porque la tierra no espera. Nos da todo y le entregamos todo. ¿Cómo pensás que yo podría vivir en otro lugar?*

Julián volvió a llamar y se despidió.

Nadie en casa se dio por enterado. O no querían saberlo, o no sospechaban, o habrían creído que el forastero nada más acompañaba a Julián en su visita. O lo sospechaban y no decían nada o, lo que es peor, directamente no sospechaban que pudiera haber algo entre nosotros, que yo pudiera despertar algo en algún hombre.

El resto del día la pasé como en una especie de trance, esperando esa noche. Seguramente la última. La idea de que él fuera a quedarse parecía más remota y fantástica que la idea de yo me fuera a ir. Son ideas que uno se imagina cuando ve que todo es imposible pero no termina de resignarse a esa imposibilidad. Como para no perderlo todo aparece una alternativa que es más imposible que lo otro, que ese amor cuya continuidad se busca.

Era como si me hubiese convertido en dos: una hacía los trabajos de la casa, como todos los días, se comportaba como si nada sucediese; y la otra esperaba esa última noche, esperaba que algo definitivo y mágico pasara, que la suerte se fuera a modificar, que por alguna razón fuera posible vivir ese amor cuya imposibilidad el sentido común negaba, porque además éramos diferentes.

Hay una hora en que todo parece replegarse, rendirse, ir hacia un punto que lo absorbe. Es la hora en que las cosas regresan a ese lugar de donde se habían aventurado y en que descansan la fatiga de esa aventura. Todo se hace silencio. Todo se retira, se vuelve hacia sí mismo y en ese momento hay algo que aflora, que surge; algo que elude la luz, el ruido, y que ansía la experiencia pura: beberla, hacerla propia. La piel desarrolla un sentido nuevo donde cada cosa es más intensa, los ojos penetran la noche y los oídos sólo son sensibles a los susurros, las medias palabras, las secretas desinencias del amor que sólo se pertenece a sí mismo. Es el lenguaje de la noche, esa donde todo despierta a otra vida, oculta al día.

Así era mi noche, como aquellas otras.

De pronto el paisaje cobró un relieve. De tanto fijar los ojos en la oscuridad advertía que las estrellas parecían perforar con puntos luminosos un cielo negro y diáfano y que los árboles, el camino, las edificaciones a lo lejos, eran otros puntos salientes perfectamente visibles en la noche, que de ser posible estirar la mano podría palparlos, tan nítidos resultaban los relieves de sus contornos así, vistos en la pasión de la espera.

Dos puntos comenzaron a recortarse en ese paisaje conocido que se había vuelto irreal. Supe que era él en el auto. Las luces se apagaron al pasar la tranquera. En esa noche clara se podía seguir caminando y para no alertar con el ruido del auto prefirió dejarlo en el monte de la entrada y venir caminando.

Era como si ya sintiera su cuerpo, como si ya estuviera conmigo de nuevo. Mi cuerpo lo adivinaba. El deseo lo atraía y todas esas sensaciones físicas reinaban de nuevo. Como un sentido mágico mi oído escrutaba la noche y esperaba los indicios de esa marcha de *él hacia mí, como si el silencio fuera una página que leer. Había desarrollado otro sentido.*

Oí un ladrido, leve como un saludo, y pronto sentí un guijarro tocando la ventana. Bajé y ahí estaba él, con Comousted a su lado. Lo tomé de la mano y lo hice subir igual que las otras veces.

Todo era igual y todo era diferente. Él se había alejado. Él había vuelto. Él se iría de nuevo, esta vez para no volver. ¿Para no volver? Yo era la misma y no era la misma.

No dijimos nada. Las manos, nuestras bocas, nuestras pieles, ellas establecieron un lenguaje donde todo era rápido y muy hondo: cada sensación traspasaba mi cuerpo. Mis manos sedientas reconocían esas regiones únicas: el cuello, la suavidad de una curva, la finura de un cabello que rompía sobre ellas como un oleaje y mi boca recordaba gustos en una aventura que descubría una piel a medida que la recordaba. Todo era lo mismo pero todo era más absoluto, más vertiginoso; todo era para siempre y al mismo tiempo era más breve y del resultado surgía esta intensidad nueva, la de aquello que es así porque se trata de ese instante. Es la magia del instante la que lo hace así de fuerte, es esa magia la que afina las sensaciones de una piel, la que une los labios y nos hace bebernos.

Yo había hecho de nuevo ese fuego en la salamandra: no podía separar el amor del fuego y era la sola luz del fuego la que en un momento revelaba formas,

esas que los cuerpos sentían. Las formas eran impreci-
sas, sugeridas, pero los cuerpos eran firmes, eran urgentes.

Me sentí abrazándolo, mis manos corriendo por su
espalda desnuda mientras lo sentía en mí, en sus movimientos, en nuestras respiraciones vertiginosas que
crecían en velocidad e intensidad para luego detenerse
cuando un cuerpo parecía adueñarse del otro y desatar
en él sensaciones que estaban mucho más allá de él.
Entonces la calma volvía, entonces las formas recorta-
das en el fuego volvían y volvía el silencio, ese que sólo
sabía de palabras murmuradas, de bocas recorriendo
la ensenada de una cintura, de un cuello, de un rostro.
Como si todo se disgregase, cada parte de cada cuerpo
era un mundo que traía sensaciones diferentes a las de
otras regiones, no menos fantásticas. Entonces me di
cuenta de que el cuerpo es eso, algo fantástico pero que
sólo lo es con alguien en especial, que esas sensaciones
son tan fuertes, tan únicas, que no pueden darse con
cualquiera sino sólo con un elegido. Pensé que el amor
absoluto era eso y que lo otro podía llegar a ser una
copia. Pensaba que después de aquella noche ya no podría haber con otro otras noches de amor como esa, y
como las otras.

Recuerdo ahora que giré y le di mi espalda, que
sus brazos rodeaban mi rostro, que su boca se hundía
en mi pelo y navegaba mi cuello, mis cabellos, y decía
algo que yo no entendía, un mensaje intraducible pero
que era para mí, sólo para mí, y que lo sintetizaba todo.
Sentí su cuerpo en el mío y que fluía y que luego la
inmovilidad nos unía lo mismo que la pasión; que pasión y ternura son lo mismo, una cara y otra de una

misma certeza: la de un cuerpo al que pertenecemos y que nos pertenece.

Debió pasar tiempo porque en un momento el fuego había disminuido; un incipiente frío tomaba nuestros cuerpos desnudos y donde antes crepitaba un leño quedaban ahora brasas, lentas, calmas como ahora nuestros cuerpos; y entonces lo sentí desprenderse, sentí la puerta de hierro de la salamandra, vi el contorno de su cuerpo a la luz leve de la luna y de las brasas y a otro leño que caía, que pronto era tomado por esas llamas que renacían igual que el deseo.

Independientemente de nosotros, nuestros cuerpos volvieron a reclamarse como el fuego reclamaba a ese leño. En ese calor que volvía pude sentir que el fuego destila en los cuerpos un sabor único: a madera, a piel. Pronto todo renació. Cuando el placer renace así es el mismo y es otro; es el mismo en las cosas que suceden pero es otro porque ha acumulado un conocimiento del otro cuerpo, una anticipación de lo que nos va a hacer y de lo que vamos a sentir.

En esos instantes los cuerpos son un mundo. No hay nada más allá de ellos. Eso lo sé ahora; entonces sólo lo sentía.

En un momento fui yo quien estaba encima de él y su rostro se volvía hacia el fuego que lo alumbraba, que lo ocultaba, que lo hacía surgir en ese contorno único y mi mano lo recorría, suavemente: las cejas, el borde de su boca, su cuello, como si buscaran reconocerlos y esculpirlos en mi piel. Mis manos leves lo recorrían con detenimiento, con lentitud, a veces casi sin tocarlo, entonces la sensación era otra. En esos momentos su piel era ligera, suave, como si fuese a disolverse y en otros lo besaba, lo besaba con fuerza y su piel me brindaba su firmeza. Un mismo cuerpo contiene cosas tan distintas, pensé, y cada una deja grabada una memoria, una sensación nueva y supe que viviría muchas veces el recuerdo de esa noche.

Mi rostro lo navegó, midió sus distancias, recopiló los sabores de cada accidente mientras la noche misma giraba en el espiral de ese cuerpo deseado y conquistado sólo para tener que perderlo.

Aun nos amamos una vez más, antes de que la naciente luz comenzara a desintegrar la noche y me dijo que no volvería otra noche más, que era mucho riesgo, que aguardaría otro día y vendría a despedirse, que yo lo pensara, que lo pensara mucho, que pensara por los dos; y yo le contesté que una noche como esa no se podría repetir, que repetirla sería hacerle perder esa fuerza que tenía por el solo hecho de ser única.

Como antes, igual que las otras veces que me parecían tan lejanas, lo vi caminar bajo el cielo en relieve de esa noche única y al Comousted acompañarlo y a ambos alejarse hacia la tranquera.

Luego fue todo una especie de sueño, tan irreal, tan fantástico, tan imposible que no giraba en el mismo círculo que todas las cosas, estaba más lejos. Cómo un cuerpo podía albergar tantas sensaciones y yo me sorprendía interrumpiendo mis trabajos, quedándome inmóvil sólo de recordar esas sensaciones que en su realidad se habían marchado de mí y que nunca con nadie serían las mismas: cómo él estaba en mí, cómo lo sentía en esa dureza que era una ternura infinita en la que yo me expandía hasta un cielo altísimo donde perdía conciencia de todo.

Las cosas giraban en su órbita, allá abajo, mientras yo me despedía de ese placer que hasta hacía poco ignoraba que pudiera existir y que se marcharía con él tan pronto, quizá hoy, o quizá mañana.

Fue en esa atmósfera de sueño que el auto regresó, cuando ya había pasado un día y una noche, en la que acaso tampoco dormí recordando la anterior.

Él podía estar ausente varios meses y escribir de cosas que no eran lo nuestro y yo debía entenderlo, debía entender que era su modo de amar, de hacerme parte de eso o de hacer a todo eso parte de nosotros y también podía llegar de pronto, llevarme hasta esa altura a la que nunca iba a poder volver y regresar dos días después para desaparecer de nuevo.

El auto se detuvo y bajaron. Venían a despedirse. Él se volvía a Buenos Aires, ahí tenía a sus padres, su trabajo, sus estudios, decía Julián. Estaban mi ama y mi aita que vinieron a despedirlo.

Quiso volver al monte cercano por última vez y caminamos en silencio. Las cosas que teníamos por decir no podían dar cuenta de lo que sentíamos. Todo había ingresado en ese desesperante silencio que surge cuando sobreviene el desenlace de las cosas. Mi ama dijo que podía volver cuando quisiera pero yo sabía que él no iba a regresar, que si lo hacía yo estaría con otro y que eso significaba muchas cosas.

Todo lo más importante, todo lo decisivo, transcurre así y de pronto nos miramos, nos miramos un momento, infinitamente, grabando cada rasgo porque sabíamos que necesitaríamos esa memoria.

Yo no podía aguantar las ganas de abrazarlo, de besarlo, y mi mano buscó sutilmente sus dedos y sintieron esa suavidad. Eso era lo que quedaba de aquellas noches, eso y su memoria.

Entonces volvimos al auto a donde ellos habían seguido de pie, hablando del campo, de los animales, de las siembras. Pronto Julián dijo que debían marcharse y nos despedimos.

Algo de mí se iba con él. Algo moría en ese irse con él pero pensé que si era así, también algo mío viviría siempre con él, que quizá alguna vez volveríamos a vernos.

El auto se puso en marcha, salió hacia la tranquera y el monte lo ocultó. Sólo se veía el polvo del camino elevándose levemente y cayendo como una delgada lluvia.

Supe que algo había concluido en mi vida: una edad dorada, de sueño, uno en el que yo era única, en que mi cuerpo era único, en que las cosas que sentía eran únicas, y había vuelto a la realidad, a saber que a partir de ese día otra vida comenzaría y que en ella tendría momentos felices pero quizá no volvería a tener *momentos únicos; que las noches de susurros frente a la salamandra eran eso, un sueño en el que había vivido y del que ahora despertaba a otra cosa.*

XIII

El camino del retorno

Terminaba el diario.

Conque así había sido la historia.

Si era así, se trataba de la historia de un amor trunco, un amor desperdiciado, un amor elegido, uno rechazado y el tiempo, siempre el tiempo y la vida.

¿Se habrían visto después?

Seguramente no, pero era posible.

Necesitaba que hubiera sido posible porque sabía lo que le sobrevino: la muerte de José Ramón, de cuya vida con él no hubo casi testimonios porque sus hijos eran muy chicos y sólo guardaban imágenes, unas escenas, cosas detenidas en el tiempo.

«Fue en una semana», me dijo Mamina una vez. Ella no quería hablar de eso. «Tuvo un enfriamiento, una pulmonía», dijo y habló de su contextura frágil, quizá por la pobreza que vivió en el caserío.

De todo eso no escribió un diario. No hizo una crónica que no fuera de pasión ni de espera. No hizo una crónica de adversidades. La escritura la tocó para testimoniar un gran amor, que era grande porque era imposible o era grande porque aunque hubiera sido posible nunca iba a poder ser ordinario sino intenso. El otro amor, el que eligió, no necesitaba ser testimoniado. Era como todo en la vida, algo que se vive, que no desborda el cauce, que se agota en eso, en vivirlo; y sobre eso no se escribe. Se escribe sobre lo otro, lo que no se puede, lo que se va, lo que se desea por sobre cualquier otra cosa y de eso fue su escritura; y por eso me llegaba y la hacía vivir de nuevo. Vivimos de nuevo en lo que gozamos mucho o en el deseo de lo que no fue.

Toda persona tiene algo que ninguno puede adivinar, pensé, *y sobre eso se escribe, sobre lo que sorprendería a todos, sobre lo que más nos revela y más nos dice, sobre lo que más nos hace sentir; en ella era un amor imposible de conjugar con su vida en el campo, imposible de ganar la partida, por más intenso que sea; y quizá porque lo supo desde el primer día es que escribió el diario.*

Y quién era ese hombre capaz de vivir aquella aventura, capaz de entrar subrepticiamente y salir por una ventana y bajar por el desagüe del techo, de cruzar la noche de un mundo lleno de peligros, de cruzar las calles de una ciudad salvaje para dejar las crónicas de una época, de cruzar el Río de la Plata y colocarse siempre donde estaba el riesgo y aun, de elegir testimoniar ese peligro como algo más supremo que el amor que lo ganó y lo hizo desear de esa manera a una mujer de la que sin embargo eligió alejarse con la vana y remota promesa o posibilidad de ir a buscarla en un momento incierto, el que su propia pasión por las crónicas le dejase libre. ¿Cuándo iba a ser?, ¿entre un golpe y otro?, ¿cuándo estuvieran vencidos todos los anarquistas? Y entonces qué otra causa nueva surgiría para captar su atención.

No hay una verdad que sea preferible a una noche de amor, no hay una pasión por algo que se pueda cambiar por un abrazo, por un cuerpo entregado en la noche, por dos cuerpos desnudos ante el fuego de una salamandra en un santuario que consagraba a ese amor. *¿Qué puede ser mayor que eso?*, pensaba yo, *¿qué puede ser más importante que luchar por eso?*

Y él, ¿sería enteramente real o ella le habrá agregado la medida de lo que veía en él, de su deseo de él o de su deseo de un hombre que fuera distinto a lo que sabía que iba a vivir luego en toda su vida? Quizá haya sido eso, la certeza de que era una oportunidad única, de que nunca tendría otra de vivir un amor semejante, que luego la vida, igual que la vegetación incesante de una selva, iba a tener ese poder de invadirlo todo, de borrar huellas y por eso era importante detenerse y agotar ese momento único. Después de él todo iba a ser igual.

La historia no terminaba de cerrar así, inconclusa. Leía y releía. Faltaba algo, un capítulo final.

¿Faltaba realmente o yo necesitaba que lo hubiera?

Es cierto, necesitaba esa posibilidad de que hubiesen retomado ese amor porque luego de leer el diario pensé lo que le habría significado la vida con su segundo marido, cuidando chalets, viniendo a la casilla en los veranos, soportando aquel carácter de él. Quizá por la vida difícil que también tuvo, quizá por haber perdido su campo y tenido que vivir de comercios que le habrían parecido tan ajenos, acostumbrado como estaba a eso, a las faenas del campo y que terminó, luego de fracasar en ellos, en una pendiente que duró toda la vida juntos, repartiendo garrafas en un motofurgón Siambretta.

De una cosa a la otra la diferencia era tan abismal que yo necesitaba creer que ella pudo tener otra vida y, aunque por partes, recuperado algo de aquel pasado. Pero qué y cuándo y cómo.

La vida fue retomando su cauce, hice lo que me encargaron. Embalé cosas, Puse ropas en bolsas. Cargué el baúl del Renault 18 de mi papá para llevarlas y repartirlos: sus ropas, sus objetos; el magro botín que la vida le dejó y que acababa de arrancarle al cabo del tiempo. Despojé a la casa de esas presencias que ellos no podían enfrentar y era como si su historia se desgajase en cada cosa que regalaba o que distribuía.

Tuve la fuerza para hacerlo porque reservé para mí el nudo de esa historia, la caja de madera con el diario y las fotos. Todo lo demás podía disgregarse, perderse, pese a que aún estuviese impregnado de ella, porque las cosas también se quedan solas e inermes ante la muerte y ya no son las mismas cosas; y decidí no decirle nada a nadie de lo que ella decidió vivir en secreto, porque la esencia de eso era el propio secreto, uno que no podía revelar porque no era mío.

Cuando ellos finalmente volvieron a la casilla, se encontraron con lo que esperaban, un espacio vacío, que era sólo eso: una casa deshabitada. Una casa no, una casilla que ya no importaba que hubiera venido rodando, fantásticamente, desde el campo, ni albergado las crónicas de un amor, sino que era sólo un "inmueble".

Me arrojé a los estudios. Los turnos de exámenes se acercaban y poco a poco la vida volvió a ese cauce donde a mí nadie me buscaba, en el que ese territorio de aventura que es la vida de muchas personas se limitaba a estudiar, a ir y venir de casa a la facultad, o a ir a inglés a lo de De Cecco, en Brown casi Yrigoyen. Ahí aprendí que decía cosas graciosas que los demás festejaban y por un segundo mi timidez retrocedía, me aventuraba y era feliz.

Me refugié en las materias, ellas cubrían la falta de amistades, de pretendientes, me absorbían, pero si no lo hubiesen hecho no habría sabido qué hacer un sábado, a dónde ir; dónde y cómo buscar y encontrar un hombre, y pensaba que en la historia fantástica de Mamina podía encontrar mucho mío. Éramos además tan parecidas. Por más imposible, ella había vivido algo que yo hubiera querido vivir. Yo era instruida, estudiaba derecho, estudiaba inglés, pero el precio era demasiado alto y hubiera cambiado mi vida por la de ella, por esas noches, esas esperas, esa posibilidad de decidir entre un amor y otro.

De pronto tuve una inmensa sed de vivir experiencias, cosas, pero no sabía cómo o dónde buscarlas, ni siquiera si en realidad me interesaban. Por momentos sólo pensaba que me interesaba ser libre, no estar sometida, no tener que rendir cuentas, no tener que cuidar un hogar, no quería para mí una vida como la que ella tuvo luego de haber elegido a mi abuelo, aunque lo amara. Pensé que había muchas cosas en mí para explorar y que no valía la pena cambiarlas por una casa común.

Por aquella época comencé a trabajar en un estudio con un abogado viejo amigo de mi papá, a la vuelta de lo de De Cecco, por Rioja. Él también tenía asuntos en Buenos Aires y ahora que la gente finalmente podía divorciarse también atendía gran cantidad de esos trámites; tenía un campo y le gustaba viajar. Estaba segura de que quería ir delegando cosas en la medida en que yo pudiera hacerlas.

La experiencia del trabajo me absorbió. Pronto me encontré redactando escritos de demanda, de contestación, de división de bienes y me las ingenié para ser necesaria, para que él fuera prefiriendo irse temprano a su casa o a planear algún viaje, esperando que cuando me recibiera pudiera delegarme incluso más. Me encantaba estar sola en el estudio, tener responsabilidades, hablar por teléfono, negociar cosas y después reportarlas al día siguiente, como si las contara a través de un vidrio de aumento que me hacía más y más hábil.

Ni siquiera los recientemente divorciados se fijaban en mí (las más de las veces eso era una suerte). Todo eso no me desmoralizaba mucho sino que me daba la certeza de que no debía estar con nadie a quien verdaderamente no quisiera y que debería descubrir mi lugar de aventura de otra manera, una donde yo pudiera decidir.

Pensaba casi todo el tiempo en Mamina, aunque ya no existiera la casilla ni sus cosas, repentinamente me imaginaba pensando en qué debería hacer ahora y si esa historia se conectaba conmigo.

De pronto un día me encontré buscando en la guía de Buenos Aires el nombre Zacarías Gracián; ni siquiera supe cómo, mi dedo se había independizado y subía y bajaba por esas letras diminutas de una guía con las tapas rotas y combadas hacia afuera. No figuraba ninguno. Otra vez, luego de hablar al Registro de Estado Civil de las Personas me encontré llamando al Sindicato de Trabajadores de Prensa y preguntando por él. Una pausa muy larga. Ni siquiera conocían *La Antorcha* pero la voz suave y caritativa de una señora mayor me pidió llamar al día siguiente y quedó en averiguarme en los registros. Yo pensé que si le habían dado una credencial falsa de *La Razón*, *La Antorcha* no debía de ser un diario del cual pudiera haber muchos registros.

Al día siguiente, a la misma hora, llamé de nuevo. Varias veces me dio ocupado y cuando finalmente el teléfono sonó, en un largo timbre de súplica, di las señas de la señora que bondadosamente me había atendido el día anterior y se hizo otro largo silencio en el cual surgían ruidos, voces entrecortadas, retazos de diálogos, puertas que se abrían o se cerraban hasta que sentí que una mano tomaba el tubo y un «Hoolaa», pesado y amable que se desperezaba y empezaba una frase lenta y descorazonadora.

—Vea señorita, ese nombre no aparece en los registros. No es de un afiliado. Si ese señor luego trabajó en otro diario, de eso no queda ninguna constancia acá.

—Entiendo.

—Pero tengo un señor amigo, periodista viejo de *La Tribuna*, que se acuerda de González Pacheco, de sus guiones, de sus obras de teatro y de gente que estaba con él. Un par de ellos estuvieron presos cuando lo de la embajada de Estados Unidos y un muchacho, que cree que se llamaba como el señor que usted busca, había publicado mucho sobre golpes que dieron en el Uruguay…pero después no recuerda haber vuelto a leer nada de él, ni en ese ni en otro diario…no sé qué más decirle, querida… si quiere dejarme un teléfono, si le puedo averiguar algo más le hablo.

Le agradecí y apesadumbrada me resigné a que probablemente nunca encontraría a Zacarías Gracián.

Pasaron los días.

Recordé que él estudiaba. ¿Habría terminado la carrera? Una tarde, mientras hacía un oficio para levantar una inhibición se me ocurrió, cuando terminé, escribir una carta para el Colegio de Abogados de Buenos Aires preguntando si había existido un colegiado de ese nombre y luego traté de olvidarme del asunto.

Pronto tuve que rendir contratos y Mosset Iturraspe tomó el lugar de todo lo demás en mi vida. Me encantaba esa parte de estudiar: todo quedaba en suspenso ante eso otro tan urgente; la vida, los deseos, no contaban para nada porque la materia lo abarcaba todo. Cuando se hacía evidente que algo faltaba en mi vida no había más que buscar una materia, una muy larga, para consagrarse a ella en cuerpo y alma y sólo pensar en si me hago un té o unos mates, o si se hace la hora de ir a tribunales o al estudio.

Así, primero una y después otra, fueron ocupando el lugar de la vida: que si sociedades, que si reales, que si público o quiebras; y fue entre medio de uno de esos episodios, entre los contratos atípicos o las vistas de medianería o el camino de sirga, cuando recibí la contestación de la carta del Colegio de Abogados de Buenos Aires que decía que, efectivamente, había habido un colegiado con ese nombre y me informaba un domicilio profesional que tuvo hasta jubilarse en 1973.

Eso tuvo un efecto poderoso sobre mí: Zacarías Gracián trabajó profesionalmente hasta hacía quince años. Ya no era la década del 20, ya no se trataba de algo lejano, sesenta y tantos años, sino que se remontaba sólo a quince.

Había existido, no era una fantasía ni un sueño sino un ser real.

Faltaba saber si seguía viviendo y dónde.

Entonces una idea brillante bajó del cielo bajo la forma de un conjunto de palabras que era también una revelación: La Secretaría Electoral y el padrón de electores. Pero cómo hacer, cómo pedir esa información fuera del trámite de un expediente.

Mi alegría se desvaneció tan rápidamente como me había sobrevenido.

Sin embargo, una tarde el teléfono del estudio volvió a sonar y Gladis, la señora atenta del Sindicato de Trabajadores de Prensa me tenía noticias de alguien que lo había conocido, un fotógrafo de *La Antorcha* y me dictaba dos cosas, una dirección y un teléfono, los de Juan Arriaga.

Por primera vez sentí que, para bien o para mal, estaba sobre una pista más cercana y segura. Si decidía seguirla podría llegar a lo que buscaba o a comprobar que no podría encontrarlo nunca; y si lo hallaba, a la otra posibilidad, la de que no me gustara lo que encontraría.

Pero como lo que corría por mis venas era la misma sangre baska de ella decidí irme esa misma tarde a la Entel de Colón y Santiago para llamar desde ahí y no gastar teléfono del estudio.

Aproveché para eso una ida al correo y de vuelta al estudio fui a hablar por teléfono. Compré varios cospeles y disqué el número que Gladis me dio. El disco volvía lentamente, a veces con tantos engranajes de ruido como números discaba y al final de todos ellos se hizo una especie de silencio, largo, impaciente, hasta que el teléfono comenzó a sonar muchas veces y cuando casi estaba por colgar, una voz se alzó en un despacioso:

—Hola, ¿quién habla?

—Me llamo Ana, llamo desde Mar del Plata, la señora Gladis, del Sindicato de Prensa…

—Ah sí —dijo una voz alegre y rejuvenecida—. La que preguntó por Zacarías Gracián.

—Sí, ella.

—Mucho gusto señorita.

—Igualmente. Bueno, yo quería preguntarle por Zacarías Gracián…

—Sí, el muchacho que escribía para González Pacheco… lo recuerdo bien, un muchacho muy buen mozo… recuerdo cuando estudiaba y luego…

—Sí, y se recibió, pero debe haber sido bastante después de escribir para *La Antorcha*… dígame, usted lo conoció… puede contarme algo de él, decirme si volvió a verlo luego de esa época… o si sabe a dónde vive…

—Me acuerdo de ese muchacho… fuimos compañeros en *La Antorcha*.

El teléfono hizo un ruido y, por las dudas, le puse otro cospel.

—Yo era fotógrafo y cuando lo de la embajada nos metieron a todos presos, fue terrible… pero a qué se debe su interés por él, si es que puedo preguntarle.

—Es que él estuvo en el campo de mis abuelos luego de lo de Wladimirovich y el Vieytes…

—Ah sí.

—Sí y quisiera saber algo más de él, si es posible saber a dónde vive, algo para ubicarlo... es que él conoció a mi abuela... usted recuerda si alguna vez habló de ella...

El teléfono hizo unos ruidos. La comunicación peligraba. Por las dudas puse otro cospel.

—Hola, hola.

—....

—Hola...

—...de una chica...

—Perdón, ¿qué chica? ...no hablaba mucho de ninguna chica en particular, pero varias le arrastraban el ala porque era muy buen mozo, pero lo único que puedo decirle es que lo que más le importaba era estar ahí cuando sucedían las cosas y aun supe que, más tarde, había defendido a presos políticos y actuado en defensa de cuestiones sindicales y de esas... había mucho movimiento en esa época, era una época de acción, de lucha obrera, pero si me explico, de un tipo de movimiento, uno que no obedecía a una autoridad central sino que luchaba por otras cosas, donde era más importante la educación... cómo decirle... nada corporativo...

—Entiendo, entiendo bien lo que me quiere decir.

—Y él era así. Yo lo veía después, en la huelga de los portuarios de 1950, se enfrentó a gente...

—Influyente, autoritaria...

—Eso mismo, usted lo ha dicho… es una época difícil de explicar… que hoy no…

—Entiendo perfectamente… O sea que no recuerda que nombrara a ninguna mujer… Amalia, no le suena para nada… y que él haya estado en un campo, cerca de Mar del Plata hacia 1922.

—No, la verdad, perdone, pero no me suena, pero eso no quiere decir… es que no éramos amigos cercanos y esa era una época donde todo pasaba muy muy rápido, hoy se estaba acá, trabajando para sacar un número, al otro día uno estaba preso, al otro día había un golpe y había que trabajar para sacar el número hasta la madrugada y salir a esconderse… y todo era así… de la vida privada, no había tiempo… la verdad es que no le puedo decir mucho… y lo peor es que todo eso se perdió, toda esa lucha, todos esos ideales… señorita, cómo explicarle, cómo decirle lo que fue…

Eché un cospel más y sólo me quedaban dos.

—Entiendo, entiendo… Y él, cómo era…

—…no tengo un recuerdo nítido, pero sí como… cómo decirle, de una persona clara, de una persona como con una luz, con un brillo…

—Y nunca supo más de él…

—No, salvo que después defendió a compañeros e incluso a comunistas, que no los queríamos nada, todo eso durante el peronismo, que es lo que me acuerdo, pero de otras cosas no.

—Gracias señor Juan me ha ayudado mucho… si no le molesta, volveré a llamarlo…

—Va a ser un gusto ¿y cómo se llama usted?

—Ana…

—Ana, llámeme cuando quiera; y si llega a venir a Buenos Aires, podremos conversar y puedo mostrarle las publicaciones, tengo muchas, las salvé del peronismo y de las dictaduras, no quemé ninguna… las escondí, eso sí, en un pocito en el fondo de casa adentro de una caja de madera forrada con polietileno, cuando vivía en El Tigre…

—De verdad hizo eso… sí… eso me gustaría mucho, ver esas publicaciones y recuerda si hay…

Hubo un ruido de peligro y por las dudas puse los dos últimos cospeles al hilo.

—…algún artículo de él.

—Ya lo creo que hay, los tengo todos, cuando lo siguió a Roscigna, cuando lo de Punta Carretas y lo del Rawson… cómo no voy a tener eso, es la historia…

—¿Y tiene alguna foto de él?, para ver cómo era…

—Sí, tengo, una es la que saqué yo, se la puedo copiar y se la puedo dar… le saco y de ahí obtengo un negativo y se lo copio, claro; y otra es la que sacaron de Roscigna cuando lo detuvieron y que salió en *La Antorcha*… al costado está él, por eso la guardé, porque alguien de *La Antorcha* había estado ahí y eso era un orgullo para González Pacheco.

—Gracias por eso… apenas pueda voy a pasar a verlo… cómo no… gracias de nuevo.

—No, gracias a usted por hacerme revivir esa época… hoy nada es así… hoy es otro mundo… ¿usted cuántos años tiene?

—Veintitrés.

—Claro, ni se imagina lo que fue eso, alguien tan joven. Vea, de eso no se habla. Por suerte se habla del juicio a las juntas, por suerte al menos hubo un juicio a las juntas, pero de todo aquello nadie habla, quedó tan pero tan lejos, con sus aciertos, con sus errores, es la historia… Gracias, Ana, venga cuando pueda… digo, cuando quiera, usted me llama y se viene y le preparo algo y le muestro todo, cómo no…

—Gracias Juan, ya lo creo que trataré de ir. Esperemos vernos pronto y cariños a Gladis si la ve…

—Gracias a usted, que esté bien y se los daré…

Colgué. El teléfono hizo unos ruidos pero no me devolvió el último cospel, el que pensé que no había gastado. Le di un golpe y con un tintineo cayó y lo pesqué con mis dedos en medio de una cavidad, como una pequeña boca de metal.

No podía creer ni lo que acababa de pasar ni el haber podido tender un hilo más entre él y yo, entre aquella época y esta.

Mi habitación daba a la calle Mitre, enfrente del Colegio Nacional donde había hecho todo mi secundario.

Seguía aún aturdida por la conversación telefónica.

Qué distinto, pensaba, *a la vida en Batán, o en la Estancia de Peralta Ramos*; y fue asomándome a la ventana, ante el canto de un bicho feo que me acompañaba cuando estudiaba, que me vino otra idea: la de poner un aviso en un diario. Invertir algo de lo que acababa de ganar de mi porcentaje en un divorcio y tratar de ese modo, antes de que mi dinero no me alcanzara para el aviso.

Sin decir nada en mi casa salí a la corresponsalía de *Clarín*, sería el primer diario con el que intentaría porque sabía en donde quedaba y porque pensaba que un ex anarquista no iba a leer *La Nación;* y como quedaba cerca, fui también fui a *La Capital.* Salieron durante tres días. La plata no me alcanzó para más.

Pasaron los días, pasaron las semanas y nada.

Un día de enero, poco después, fue como si violentamente la historia hubiera vuelto atrás con lo de La Tablada. Un grupo de guerrilleros tomó el cuartel. Asesinaron a los soldados del puesto de entrada y durante todo el día hubo combates hasta que al final el regimiento fue tomado nuevamente, esta vez por los militares, y se decía que varios de los guerrilleros habían sido ejecutados por el ejército, algunos luego de que Alfonsín estuviera ahí, visitando la unidad.

Qué endeble me pareció todo, qué relativo. Entre eso y lo de Semana Santa, un año y medio atrás, parecía que lo poco que se había conquistado se iba a perder de nuevo, que la violencia tan radical no hace más que perjudicar, hacer más fuerte a la represión y a la derecha.

Todo eso pensaba y también si no habría sido algo parecido con lo de los anarquistas, si por hacer una revolución imposible no habían terminado por hacer más fuerte a los otros, los que tenían el verdadero poder, uno que jamás había estado en peligro.

Todo eso me confundió, me hizo pensar que quizá tenía una visión romántica de las cosas, pero al mismo tiempo me daba cuenta de que alguien como Zacarías nunca hubiera sido un guerrillero como los que en La Tablada mataron soldados, pero los anarquistas asesinaron a empleados de banco, a policías... no se puede justificar que se mate a unos sí y a unos no. En esos días la quimera de los anarquistas me pareció todavía más imposible, más injustificable, más lejana; y con el correr de los días pensé que personajes como Zacarías o como Juan eran de novela, que no existían, que ellos creyeron noble una lucha en verdad violenta, implacable, imposible.

Aun lo de Mamina me pareció soñado, increíble, y corría el riesgo de haber quedado confinada, junto con las historias de los anarquistas, al terreno de los experimentos imposibles.

Enero en Mar del Plata, con turistas, con playa, con horas libres que rápidamente aproveché poniéndome a estudiar internacional privado, qué mejor... el problema era que cuanto más éxito tenía en la carrera parecía irme peor en la vida y que la carrera me ayudaba a sobrellevar la ausencia de vida, o sea, de otra vida que no fuera la misma carrera, una que se iba a terminar, que me iba a dejar sola y a quitarme todas esas materias en las que refugiarme y entonces qué... pero mientras tanto disfrutaba, me sentía viva, justificada, acompañada, fuerte, segura.

Hubo un par de presentaciones que hacer en la feria, escritos por trámites urgentes, y yo buscaba, en alguno de todos esos trámites, algo que hubiera que ir a hacer a Buenos Aires, que justificara el viaje, que pudiera convencer a mi papá y a mi mamá que tenía que ir por algo y me ahorrara tener que contarles que el verdadero propósito era buscar a un anarquista que conoció a otro anarquista del que Mamina estuvo enamorada. ¿Quién hubiera podido creer semejante historia, si en sí misma era increíble?

Tiempo después iba a llegar a padecer algo común a los que vivimos la práctica forense: el síndrome de febrero. Ya desde la segunda quincena de diciembre sólo son atendidas las cosas más urgentes, lo que no se hizo hasta esa parte del año queda para reclamar, para apurar en febrero, porque en las dos últimas semanas antes, con los asuetos, los feriados, ya todo está perdido y en febrero se reanudará la lucha porque enero es la playa, las vacaciones, la feria, es, en suma, ese período en que el tiempo se detiene.

El síndrome de febrero empieza a atacar la última semana de enero, cuando todas esas alarmas empiezan a sonar, a decirnos que pronto la lucha comenzará de nuevo.

Pero cuando yo tenía veintitrés años, enero era lo mismo que diciembre, que febrero o que julio: un tiempo dedicado a estudiar, a estar encerrada, sólo que los días eran más largos y el tiempo rendía más. Las horas de playa daban esa tranquilidad que no había casi nunca: todos estaban en alguna parte creyendo que vivían y gozaban y yo estaba sola y tranquila. Cuando era chica, por Mitre pasaba el 25 de Mayo, pero ahora ya no. Si aún pasara, dejaría de pasar en esas horas muertas de la siesta que yo le dedicaba a Goldshmidt y qué feliz que era de aprender cosas como dónde tenía que tramitar la sucesión de uno que había muerto en Francia pero cuyo último domicilio era en la Argentina y que tenía un bien en Brasil: eso era la vida para mí entonces y qué suerte que tenía. Luego la vida fue otras cosas, unas que me harían echar de menos a las tardes de calor con Goldshmidt, al heredero único, y a la teoría de que una sucesión debe tramitar acá con las leyes de allá o tramitar allá con las leyes de acá, y un largo etcétera, ese que en aquel verano me hacía sentir feliz, o si no feliz, al menos me hacía sentir útil.

Para el primero de febrero ya lo tenía todo pensado, iría a Buenos Aires a desistir de un recurso extraordinario en la corte en el juicio de "Gucchi Shop contra Zeiger" por marcas, donde se había llegado a un arreglo; iría a la cámara civil a dejar un memorial, cursaría privado en lugar de darla libre, y como la había estudiado, podría cursar la práctica dos al mismo tiempo y recibirme, con suerte, a mitad de año. O sea que ganaba unas semanas como para poder dedicar un par de días a estar en Buenos Aires, hablar con Juan Arriaga y ver los artículos de Zacarías.

Aunque todo eso se había como adormecido dentro de mí, sencillamente porque cada vez me parecía más fantástico, más irreal, más imposible, y divorciado de la realidad inmediata, esa donde unos guerrilleros pretendieron tomar un cuartel con la excusa de que los militares pensaban dar otro golpe y que eso les servía para suscitar una violencia que les encantaba desencadenar para sentirse importantes, únicos, salvadores de la humanidad, lo mismo que habrán sentido los anarquistas.

Pero era una cuenta que tenía que cerrar.

XIV

"Evviva l´annarchia"

Dediqué la primera semana de febrero a armar un viaje a Buenos Aires de dos días, suficientes para hacer los trámites por la mañana y dedicar una de las tardes a Juan Arriaga. Lo llamé de nuevo desde la Entel de Colón y estuvo feliz cuando le avisé que iría a verlo.

Mi papá me llevó a la estación del tren en el auto, me dio las llaves del departamento y unas veinte mil recomendaciones en este primer viaje en que estaría sola en la capital. Yo me sentía importante porque viajaba por trabajo y por algo que me interesaba sólo a mí y que nadie más conocía.

La gente se acomodaba en el vagón, un hombre con una voz callosa, con una piel que alguna vez remota fue muy blanca y que ahora estaba oscurecida como un cuero sobado y a la que el tiempo le había producido unas especies de surcos, vestido con un traje muy limpio y muy viejo, con sus tres botones abrochados, pasó predicando la verdad divina que estaba en un librito que alzaba con la mano derecha y con el que parecía amenazar con golpear al pasaje. «Cristo salva, después de esta vida viene la vida eterna. El que vino en vanidad partió en tinieblas»; sólo le faltaba agregar un tácito «y ustedes arderán en el infierno por no haberme hecho caso y seguido su palabra».

Todo pareció ir tomando su sitio y tras una serie de indicaciones y una sirena el tren fue poniéndose en marcha. La ciudad se disgregaba en cruces de calles y avenidas, en las partes traseras de los patios de las casas, luego en La Florida y sus jardines grandes y desiertos a esa hora de la mañana y pronto fue tomando ese ritmo tranquilo que me incitaba a la lectura.

Así fueron las cosas hasta esa altura del viaje en que la proximidad de las estaciones iba marcando el ascenso y descenso de vendedores ambulantes que ofrecían las cosas más insólitas.

A todos la vida parece prometernos algo que aún no nos da pero que sabemos que vamos a encontrar; pasa el tiempo y eso es cada vez menos evidente, luego llega un momento en que parece que la vida nos está escamoteando esa cosa prometida, que la esconde y pensamos que igual podemos encontrarla y la buscamos, todavía con esperanzas, pensando que seremos lo bastante inteligentes como para afrontar esa búsqueda del tesoro, resolver los acertijos y encontrar eso que nos cambiará la vida. Luego ya perdemos esas esperanzas, que después de todo fueron vanas, tácitas, una especie de sobreentendido. La vida nos deja seguir estando y se puede ser medianamente feliz aunque no nos haya dado ese botín escondido capaz de convertirnos en alguien único y debido a eso no nos encontramos viviendo un destino brillante sino gris y sobreviviente.

En aquel entonces yo ya sentía que eso tan deseado se me estaba yendo, alguien lo escondía, que no era tan seguro que fuera a conseguir un novio, un gran amor, ni un marido. Esto último, la verdad, no me importaba mucho; sin embargo, la aventura y el amor sí me importaban.

Pero a aquella gente que subía a vender cosas parecía que la vida nunca les había prometido nada; como si hubieran nacido sabiendo que venían para eso, para subir, para bajar, para sobrevivir y que esa era la diferencia que había entre ellos y yo, que, aunque estuviera sola, estaba segura de mí misma y de lo que quería y, más que nada, de lo que no quería.

No quería cualquier hombre, uno que me sojuzgara, que me impusiera cosas; tampoco uno que me defraudara; y pensé que era demasiado exigente, que eso mismo pensarían los otros de mí y que quizá eso se me notara y los ahuyentara.

Sí, debía ser eso, eso o que yo no era linda. Que Mamina sí era linda pero que yo no, aunque fuésemos iguales.

Casi sin darme cuenta el tren ya entraba en Constitución y lo demás fue rápido, me tomé el subte, cambié una estación y pronto estaba en Corrientes y 9 de Julio. De ahí me fui caminando hasta el departamento, en Sarmiento al 1300. Dejé las cosas, fui al Pumper Nic de Corrientes a comer algo y lo llamé a Juan desde casa.

Me dijo que fuera esa misma tarde.

Era un departamento en la calle Juncal, cerca de Callao, con un ascensor externo, lento y antiguo, que subió dos pisos. A la salida me aguardaba un hombre alto, alegre, diáfano, que me recibió con una sonrisa

amplia, destacada su silueta ante el rectángulo lumi-
noso de la puerta abierta de su departamento. Era un
departamento grande, a la calle, con un desnivel en el
living y una cocina a la derecha, de la que llegaba un
aroma a café.

Me recibió como si me conociera. En la mesa ra-
tona del *living* había dispuesto tazas, un recipiente con
mermelada y un plato con *scons* y en la mesa del comedor tenía extendidas una serie de revistas y de fotos. Él
me esperaba y eso me hizo correr una especie de calor
por dentro, que alguien me esperara y lo hiciera así, con
estilo y obsequiosamente, que pensara o sintiera que mi
interés era tan válido como para movilizar sus recuerdos y ofrecerlos, para romper un cerco y compartir esas
cosas entrañables; y enseguida entré en confianza.

—Hermoso departamento… no me imaginaba a un
ex anarquista viviendo así —dije sin malicia.

—Luego de aquella época tuve una casa de fotografía, me dediqué a todo eso y me fue bien. Hice esa
vida burguesa contra la que tanto habíamos luchado entonces… pero las ideas siguen, las ideas y las historias…

—Muchas ideas y muchas historias…

—Que ya a nadie le interesa escuchar ahora que
hay otras palabras: inflación, militares, golpes… aquella se ha convertido en una época difícil de compartir y
de entender…

Me ofreció un café y me invitó a la mesa grande.
Acepté y retiró una silla de madera oscura de esa mesa
también oscura, de ese departamento con una *boasserie*

al mismo tono, que formaba un conjunto del que se desprendía un aroma suave, hospitalario; y mientras preparaba el café, sentí la deferencia con la que era tratada, por primera vez, por algo que yo misma desencadené, y vi un retrato.

—Es él ¿no? —le dije.

—Sí, es para usted… para vos —respondió su voz clara desde la cocina (entrábamos en confianza).

Era una toma ampliada donde aparecía su rostro y se anunciaban atrás, vagamente, una pared, unas hojas. El rostro predominaba: unos ojos claros, atentos, un fino cabello negro, en esa atmósfera de calma que suelen tener las fotos antiguas. Por fin lo conocía. Era un hombre fino, elegante.

Vino con el café.

—Y estos son sus artículos —me dijo señalando varias pilas de diarios amarillentos, con fotos.

De poco fui entrando en ese mundo, fui viendo los artículos que correspondían a las cosas que mencionaba en las cartas, el Rawson, Wladimirovich, Roscigna; vi aquellas fotos, conocí aquellos rostros tan decisivos entonces, tan mencionados, tan presentes y que hoy eran eso: imágenes desvaídas en viejos diarios de papel amarillento que habían sobrevivido dictaduras, "ideas" absolutamente opuestas a las que desencadenó toda aquella lucha, tan violenta como estéril y olvidada; pero otras que no y empecé a preguntarle a Juan por esos episodios nuevos

Era como si reviviese a medida que iba contándomelos y yo pensaba que si esos artículos no se reflejaban en las cartas era porque se referían a cosas que habrían sucedido seguramente después de que Zacarías y Mamina dejaron de verse o que, aunque hubiesen sucedido antes, él habría escrito sobre ellas después.

Él me los contaba. Costaba ubicarlo en esa época fragorosa, tan pacífico que se veía ahora.

Yo lo interrumpía:

—¿Y cuándo dejaron de verse con Zacarías? ¿Él siguió en Buenos Aires?, ¿se casó?, ¿sabe si vive?

—No sé cómo dejamos de vernos pero fue cuando ya, después de haber resistido a la dictadura de Uriburu y ser más combativo durante el primer tiempo, desafiando a la pena de muerte, a la represión, al mayor Rosasco, al comisario Bazán, el anarquismo combatiente terminó extinguiéndose hacia 1933, con Roscigna preso y luego desaparecido, Severino Di Giovani y Paulino Scarfó fusilados, Vázquez Paredes y Emilio Uriondo presos. Todos presos o, como Silvio Astolfi, heridos. Pero antes de todo eso yo me inicié con un fotógrafo en un negocio que fue creciendo, que después terminé comprándole y ahí le perdí la pista. Sólo recuerdo —luego de haber hecho memoria después de tu llamado— haber leído que, como abogado, defendió a varios compañeros, en esa época y después, porque siguieron pasando cosas. El comisario Bazán, por ejemplo, el que hizo desparecer a Rosgina fue nombrado subjefe de la Policía Federal en la época de Perón. Por eso yo me metí de lleno en lo mío, dejé todo porque me di cuenta de que era algo inútil, que nunca…

—Y de él, ¿qué se acuerda Juan?

—Eso, que era muy pintón, que lo que más le interesaba era, cómo se podrá decir, llegar antes si fuera posible, antes de que sucedieran las cosas y varias veces me arrastró a mí. Eso quería, estar en todos lados. No le importaba alejarse, irse. Parecía tener conciencia de que todo esto iba a durar muy poco y quería vivirlo, quería dejarle algo de él a ese ideal y al mismo tiempo… no sé qué buscaba… Era, sí, una persona sincera, gentil, y nada en él era una pose. Siempre hablaba con la verdad y no era mezquino para con nadie, venía de una buena familia pero no le importaba poner todo eso en peligro para entregarse a lo que tanto lo apasionaba. Era como si todo él fuera gobernado por pasiones.

—Y las chicas…

—Como fue lo de tu abuela… yo no le conocí a nadie estable, las chicas siempre estuvieron alrededor de él, y él de ellas, pero luego de un momento parecía estar siempre solo, eso fue más tarde y fuimos dejando de vernos; pero, como te dije por teléfono, nosotros no teníamos vidas personales o eso era algo que pasaba como atrás, en un telón de fondo, en un segundo plano.

Luego de un rato de conversar frente a los recortes me ofreció un café con leche con tostadas y me invitó a acompañarlo a la cocina, de esas cocinas de los departamentos de Buenos Aires, con azulejos color verde agua hasta arriba, una columna con la puertecilla metálica del incinerador y una dependencia de servicio más allá. Puso el café, la leche, las tostadas y mientras hablábamos vigilaba cada cosa con la justeza de alguien acostumbrado a hacer los trabajos de la casa, y que eso no era de ahora.

—Él conocía a cada anarquista, en qué andaba, a quién perseguía y quién lo perseguía a él, lo mismo los más buscados que los otros. Hasta estuvimos cuando el médico Delachaux atendió a Silvio Astolfi antes de mandarlo a Barcelona.

—En las cartas a mi abuela no menciona a Silvio Astolfi…

—Era, junto a Roscinga, uno de los mejores amigos de Di Giovanni; un italiano buen mozo y rubio y que participó como en cien golpes, todos los hizo con la misma inconsciencia… Esto ya está.

Apagó el fuego de la leche, el del café y cuando los vertió en la cafetera y en la lechera apagó el de las tostadas, que colocó en una panera cubriéndolas con un lienzo, y luego todo en la bandeja.

—Espero que te guste mi pan —dijo—. Es casero, lo mismo que la mermelada, es de moras.

—Con razón ese aroma tan rico, tan envolvente, que hay acá, además en un departamento precioso, elegante y cálido.

—Gracias, muchas gracias. Disfruto mi vida acá, la verdad y es bueno que se note… Ese día Astolfi, uno de los más buscados por la policía, había asaltado al pagador de Villalonga en la esquina de Belgrano y Balcarce. Estaba con una banda que, al revés de como hubiera querido hacerlo Roscigna, daba golpes con muchos tiros. Les encantaba amedrentar a la gente. Iban muy rápido en un auto que robaron y que manejaba Astolfi. Un agente que escuchó los tiros le disparó al auto. Mató a un chico de dieciocho años que salía por primera vez a dar un golpe e hirió a Astolfi en la cabeza. Era una herida bastante seria y lo hizo sangrar mucho, pero igual siguieron así hasta que el auto se quedó sin nafta, ahora busco el número con esta historia que escribió Zacarías. En Villafane y Rui Díaz Tamayo Gavilán, el jefe de la banda, se queda sin balas y Astolfi le dice que escapen y se salven ellos, que él ya está jugado, que se siente muy débil y que la sangre no lo deja ver. Se queda solo, sentado en el umbral de una puerta, y cuando ve a un agente de policía le saca la lengua y sigue huyendo, ya muy débil; pese a todo, le dispara al policía, trata de hacer puntería para ahorrar balas y sigue tirando hasta que ve pasar un tranvía. Sin pensarlo un segundo se trepa a la plataforma de adelante y, para despistar a la policía, se baja unas cuadras después y sube a un taxi amenazando al chofer, al que lo obliga a llevarlo hasta Tacuarí por Caseros. Se baja al 600 pero ve venir al agente que lo persigue, entonces se parapeta en un portón, le dispara y lo hiere.

—Es como una película de Humphrey Bogart, si no fuera real y si no fuera trágico uno pensaría…

—Es cierto, pero ahí no termina todo… luego de herir al agente se limpia la sangre y corre así, ensangrentado y vacilante, por ese barrio de Barracas, va por España hasta Uspallata. En eso ve que dos policías vienen a su encuentro, entonces toma por Montes de Oca hasta Ituzaingó. Va corriendo en zigzag, con muy pocas balas ya. Entonces ve otro taxi, lo hace parar apuntándole al chofer y trata de alejarse; pero los policías suben a otro taxi que empieza a perseguir al primero. Van a toda velocidad por calles y avenidas. Por un milagro no matan a nadie con los más de treinta tiros que se disparan con los policías. En un momento, un disparo de un policía le da al taxi en un neumático y Astolfi se baja en el pasaje Giorello, donde le cierra el paso otro agente, pero él hace puntería, le dispara y lo mata. Sabe dos cosas: que se ha metido en una trampa y que no le van a perdonar haber herido a un agente y matado a otro, entonces hace algo desesperado frente a los cuatro policías que lo esperan a la entrada del pasaje: sale a enfrentarlos a los tiros para cruzar la línea y le da a uno que muere instantáneamente. Aprovecha la confusión para salir a la calle donde lo recoge otro taxi. El chofer es un anarquista de la Unión de Resistencia de Chauffeurs quien lo lleva a un lugar seguro. Ahí tengo la crónica…

Luego del café con leche nos pusimos a mirar aquellas publicaciones con los artículos de él, con las fotos de Juan y hablamos mucho de cada cosa.

—Son historias increíbles, con personajes de novela, como si te dijera una novela urbana pero cuya acción se va al campo, a aquellos que iban con un atadito, sobrevivían con nada y que en cada campo por el que pasaban dejaban folletos de propaganda. Así se hizo anarquista González Pacheco. Y en las ciudades esos activistas estaban en los sindicatos, como la fraternidad o los panaderos o los portuarios, donde estaba Morán, otro personaje épico. Te cuento esto y no te abrumo más. Una vez había huelga y la Mihanovich quería romperla por todos los medios, reclutando crumiros a los que la Liga Patriótica de Carlés protegía. Eso pasó muchas veces, en muchos lugares. Morán está en el sindicato y se entera que en el bar de Pedro de Mendoza y Brandsen están los de la Mihanovich. Los dirigen Colman y Bogado, y Colman dice que va a ir a buscar a Morán para matarlo. Él no dice nada pero sale del sindicato, le dice algo a un guardia, le señala un lugar, el otro se da vuelta y él sale y se va al bar donde están los rompehuelgas. Siempre me imaginé una escena como de *A La hora señalada*, ¿la viste?, con Gary Cooper (peliculón) los dos enfrentados en un callejón pero no fue así. Eso también está acá y me lo contó Zacarías que, por supuesto, andaba por el puerto cuando supo de la huelga. Llegó hasta donde estaba Colman y le dijo: «¿Así que me andas buscando para matarme?, acá estoy», pero se lo dijo sacando un arma, dándole un empujón y retrocediendo. El otro sacó la suya y en el bar comenzó a haber un fragor de sillas volcándose, de mesas debajo de las cuales empezaron a refugiarse, para sobrellevar el tiroteo o para disparar; todos contra él, que de pronto se coloca detrás de una columna. A diferencia de los otros, él está muy tranquilo. Se hace un leve silencio expectante y de pronto alguien se precipita hacia él, que le dispara, y mientras uno vuelca una mesa y le apunta, otro más se le viene encima. Dispara primero en una dirección y después en otra. Se oyen gritos, quejidos, se ve sangre en el piso de mosaicos. Ve a Colman tendido, inmóvil, y a Bogado también tendido, quejándose. Entonces dice tranquilamente: «Esto le va a pasar al que me siga o al que diga que me vio». Y sale del bar, vuelve a deslizarse al local del sindicato, a entrar sin ser visto y sin mencionarle a nadie lo que ha pasado. Pero Bogado lo denuncia. Es el único. Nadie atestigua que Morán estuvo ahí y todos dicen que lo vieron en el sindicato, de donde no se movió. Estuvo unas semanas preso y al final el juez de instrucción lo liberó por falta de pruebas. Pero la policía se la tenía jurada. Fue él quien mató al mayor Rosasco, junto con un gallego que después peleó en la Guerra Civil Española.

—¿Zacarías estuvo en la Guerra Civil Española? ¿Usted estuvo?

—Yo no estuve. No sé si él habrá estado. No me extrañaría. Muchos fueron para allá a pelear con las brigadas internacionales por la República y Durruti murió defendiendo a Madrid. Luego las brigadas se retiraron, ya al final... él puede haber estado ahí, no digo que no... no me extrañaría nada, pero para ese entonces, 1936, ya no nos veíamos... Morán mató al mayor Rosasco igual que Michael Corleone a Sollozo y al capitán McClusky en *El Padrino*, en un restaurante... Cuando lo liberaron de la detención pasaron dos tipos, lo subieron a un auto y apareció muerto...

—Los mismos métodos en esa época y hace unos años atrás...

De pronto habían pasado horas, así, metidos en aquel mundo. Me invitó a cenar y decidí aprovechar esa oportunidad de no cenar sola, si mi mamá llamaba al departamento podría decirle que fui a cenar o al cine, y de pronto me encontré en la cocina con él. No veía nada en él que pudiera dar idea de ese pasado; era un hombre afable, que llevaba muy bien su edad, que añoraba aquellas ideas pero no aquel pasado. Pronto improvisó unos tallarines caseros a la Boscaiola, salteó un ajo en aceite de oliva, le agregó cebollas y cuando se saltearon le agregó champiñones remojados en vino blanco, una hoja de laurel y crema. Los comimos, con muchas ganas, ahí mismo, en la cocina, mientras me hablaba, me preguntaba, se interesaba en mí que vivía esa experiencia, la de que alguien quisiera saber cosas de mí que a mí me importaban: proyectos, intereses, que dijera que era hermoso que me hubiese involucrado con esa parte de la historia, una tan poco conocida.

Se excusó por lo sencillo de la comida, que a mí me pareció deliciosa, coronada por unas peras al vino tinto, que me contó hizo por si yo me quedaba.

Extendimos la tertulia un rato más.

—Sabés —me dijo—, que ante el pelotón de fusilamiento Severino Di Giovanni gritó «*Evviva l'a annarchia*»; hombre fundamentalista, idealista, desalmado, que lo dio todo por una causa que no iba a sobrevivir mucho más, que estaba destinada a fracasar en el mundo, a no poder seguir para adelante y que había albergado a cosas tan hermosas, sentimientos tan avanzados, tan altruistas, negando todo lo que puede sojuzgar al hombre o a la mujer, empezando por el hombre mismo y que, como pasa ahora con cosas terribles como el ataque a La Tablada, que costó vidas de chicos que estaban haciendo el servicio militar, chicos quizá de familias obreras, que no eligieron estar en un puesto de guardia pero a los que no titubearon en asesinar en nombre de una idea. ¿Qué clase de ideas son las que deben ser sostenidas con la muerte de personas inocentes?; aquellas que no se pueden imponer en el debate, en la contienda, en la discusión, esas que ya nacen como verdades; y para nosotros no había verdades, había personas, había el anhelo de educar, de vivir, de convivir, de luchar contra la opresión, pero no de oprimir. Entendí que Roscigna, que Severino, querían conseguir por la violencia ese reparto que el poder había hecho así, tan radical, tan inequitativo. Un par de bombas no iban a revertir la historia, una de siglos, eso lo entendí a tiempo, y pude abrirme, y tengo de esa época un recuerdo dulce y amargo, de una utopía lejana, cruel e inocente, ahora olvidada. *E vviva la annarcchia* que ya estaba muerta y que sólo parecía viva en sus mentes, esas mentes febriles que lo dieron todo por esa idea.

Seguimos hablando un rato, de su vida, de mis estudios, de mi abuela.

Nos despedimos con la vaga promesa de llamarnos, de volver a vernos, ¿y por qué no? Ni el pasado ni el presente se clausuran, siempre aparece algo, una palabra, un interés en común, una amistad que rompe alguna barrera, que abre algún espacio, que nos expande en una alegría inesperada o un mundo nuevo.

Mi presente y su pasado estaban unidos por el recuerdo de dos personas, una a quien él conoció y una a quien yo no acababa de conocer; pero, pese a todo lo que faltaba de ese pasado, pudimos visitarlo, recordarlo, entrar en él.

Me tomé un taxi, volví al departamento y al día siguiente hice las cosas que justificaban mi viaje y a la vuelta podría decir que me hice amiga de un veterano fotógrafo anarquista.

Cuando volví y entré a casa, sobre el aparador del *living* había una carta para mí. Primero pasé sin verla. Luego me volví al notar que había algo inusual en la base de la cristalera del aparador. Un sobre y en una letra que me resultaba familiar, decía mi nombre. Al darle vuelta vi el suyo en el lugar del remitente.

Ahí estaba la respuesta a mi aviso en los diarios. Ahí estaba su letra oscilante de hombre mayor, pero era la misma de las cartas. No era un sobre, era un milagro. Era algo en que el mundo de lo real y el de lo fantástico se unían, era esa continuidad que había estado buscando entre ella y yo.

Abrí el sobre.

Era apenas una cuartilla, pero era él. Estaba firmada por él y la dirección era de Mar del Plata.

XV

El perfume de la madera

Por un largo momento me quedé ante la carta, inmóvil, incapaz de pensar claramente.

Sentí entonces muchas cosas y esas cosas que sentí y el recuerdo de lo que sentí son algo que voy a llevar siempre, como la sensación de haber descubierto el diario, como haber visto por primera vez la imagen del hombre a quien ella amó secretamente y también esa sensación de sentarme en un tren y emprender un viaje de descubrimiento hacia todo eso; era un camino que ahora había entrado en su etapa final, una donde el derrotero se hacía más fantástico y todo eso dejaba de ser desconocido, se iluminaba, me abría a algo: el amor, ese que yo no sentía, que nadie sentía por mí, que yo casi no había vivido. Enamorada sí, lo había estado; lo estuve muchas veces; amores siempre secretos, cambiantes, que me sobrevenían y me abandonaban así, en silencio, sin que nadie se diera cuenta, sin pronunciar ningún nombre más que a mí misma y repetírmelo una y otra vez. Ser solitaria no significa sentir menos sino no poder recibir el amor que se tiene para dar y protegerse. Eso es ser solitario: levantar murallas de ternura y silencio que nadie ve y que nos esconden todavía más.

Todo eso me pasó por detrás de los ojos al ver esa letra, al sentir que eran las mismas letras y que ahora él las escribió para mí, que era la destinataria del final de su historia. Algún día se la contaría a alguien. En alguna ocasión especial llegaría a susurrarla bajo la luz crepuscular de alguna lámpara y la contaría suavemente, como lo que era, una historia de amor inverosímil digna de ser recordada al vivir algún otro amor improbable. Una historia para ocasiones especiales, para sueños correspondidos, susurros y caricias.

Una sirena sonaba a lo lejos, en algún lugar a mi alrededor, como la de un vehículo que fuera acercándose por calles y calles y que giraba, de una en otra, sin terminar de llegar nunca. Un acento crispado, urgente pero lejano, asediaba mi trance, ese que me llevaba hacia dentro de mí misma y hacia Mamina y que juntaba esas dos cosas que parecían estar lejos pero que, como unas extrañas paralelas, se encontraban en el infinito de esa aventura vertiginosa.

La sirena se hacía más intensa; la ambulancia o la autobomba o lo que fuera iba llegando, finalmente, al escenario urgente que con tanto empeño buscaba y buscaba y en eso alcé la vista y vi a mi mamá de pie, a mi lado, que seguía hablando, que había estado haciéndolo desde que me escuchó entrar y que pretendiendo que la atención puede ser captada o el hechizo puede ser roto por una simple cuestión de volumen, intensificaba el de su voz, una que daba, como un heraldo que avisa algo urgente o advierte sobre la existencia de algún peligro inminente, ese mensaje abigarrado del que empecé a captar algunas palabras, como piedras cayendo a mis pies: «y te llamé», « y por qué», «te llegó esto», «¿qué es?», «¿qué comiste?» «...preocupados por vos que no llamaste».

De pronto entendí que la mejor manera de proteger ese trance era saltar, momentáneamente, fuera de él para volver luego y tan pronto como había entrado en él pude salir, recuperar mi rostro habitual y contar, con algunas omisiones, el viaje, el primero que realicé sola y por trabajo.

Ya en mi cuarto miré detenidamente la carta que respondía a mi aviso y por primera vez me pregunté qué explicaciones hubiera dado si alguien de mi familia la hubiera leído y me dije que debía tener preparada una coartada por las dudas.

En mi aviso yo no mencioné a Mamina, simplemente expresé mi deseo de encontrar a Zacarías Gracián, ex cronista de *La Antorcha* y abogado.

Como si se tratara de un mensaje cifrado, él parecía haber adivinado algo detrás de ese pedido tan humilde e intrigante y me daba una dirección, en el Grosellar, y un teléfono. Eso me intrigó mucho. No me imaginaba a un ex anarquista viviendo en Mar del Plata, en el Grosellar, quizá porque uno no puede imaginarse a un ex anarquista más allá de las páginas amarillentas de viejos diarios que nadie lee más, que fue necesario esconder, atesorar como cosas de museo, para mostrarlos a una visitante extraña como yo y entonces pensé que Juan también era real, que también vivía en un lugar que él había elegido para refugiarse tanto del presente como del pasado.

Ya todo era real: tenía su foto; conocía lo que había contado; había visto sus artículos; imaginaba su voz y ahora también tenía su escritura, una que me indicaba

cómo proceder para alcanzar la última pieza y comple-
tar la historia conociéndolo, escuchándolo, contándole.

Por un instante temí que todo se desvaneciera, que
si lo llamaba quizá ese misterio se perdería, y con él esa
fascinación mágica que sólo dan las incógnitas, las preguntas, las esperas y el silencio; y por eso decidí dejar
las cosas así por el momento y hacer durar esa sensación de que pronto una cortina iba a descorrerse y una
escena sería revelada, de una vez y para siempre.

Había decidido llamarlo en algún momento en que
pudiera estar sola y tranquila, pero me encontré marcando el número cuando papá y mamá fueron al Elefante de Alberti a hacer unas compras. El teléfono sonó
varias veces y nada. Quizá la carta llevara varios días.
Quizá él simplemente hubiera salido, pero quizás no,
quizás hubiera regresado a algún lugar o se hubiera
marchado.

Desistí.

Sentí algo de alivio al postergar la llamada; pero al
otro día, apenas llegué al estudio, marqué de nuevo el
número antes de salir a hacer tribunales. El teléfono
sonó varias veces y ya estaba diciéndome que mejor
colgar, que nadie iba a responder cuando se detuvo el
repiqueteo y una voz dijo:

—Hola.

Me quedé muda.

—Hola, hola —insistió la voz—. ¿Hay alguien
ahí…? ¿Quién es…es usted…?

La voz era como me la había imaginado, suave pero decidida, dulce, fuerte.

—Hola, sí, soy yo.

—...Usted... es algo de ella, ¿no?

—Sí, soy su nieta.

Se hizo un silencio largo, eterno; uno de esos que resuenan, que no son la ausencia de palabras sino la síntesis de muchas cosas sin decir; que provienen de un tiempo muy prolongado y que pesan infinitamente más que muchas palabras, y me di cuenta de que ella aún significaba cosas para él y pensé en qué habrían vivido para poder dar como resultado un silencio como ese, expectante, denso y que lo compartíamos, compartíamos la experiencia de producirlo, de encontrarnos, de pensar, de recordar, de esperar.

—...cómo supo...

—Es una historia larga y creo que tenemos mucho de qué hablar...

—Sería un gusto conocerla, que viniera o que pudiéramos encontrarnos...

—Puede ser mañana, a eso de las cinco de la tarde, ahí en su casa.

—Cómo no, con mucho gusto. La espero.

Me dio las indicaciones para llegar y nos despedimos

Era un viernes. Mis padres se iban esa tarde a Buenos Aires en tren. Me sentía en libertad para emprender esta aventura que comencé tantos meses atrás y concluirla en silencio.

La impaciencia me devoraba. El trabajo me permitió olvidar todo eso al menos por unas horas pero el día siguiente se me hizo eterno.

Decidí salir con mucho tiempo; era lejos y ponerme en marcha antes me permitía cortar la espera. Saqué el auto y lentamente salí por Gascón hasta Yrigoyen y seguí por ahí hasta la costa y desde ahí hasta Estrada.

Era en el segundo acceso al barrio, primero a la derecha y luego dos cuadras por ahí, a la izquierda unos cien metros.

Era una casa de ladrillo a la vista con un árbol en la entrada.

Detuve el auto adelante y apenas bajé se abrió la puerta de entrada y vi una figura recortarse en la luz que le llegaba de una ventana, a sus espaldas.

Los dos nos detuvimos un momento, como paralizados o como fuera del tiempo.

Él pensaría en que yo me parecía muchísimo a ella cuando se conocieron y se enamoraron. Seguramente su mirada viajaba en el tiempo, volvía a aquel cuerpo amado como si hubiera sobrevivido fantásticamente y ahora viniera a decirle algo que antes no pudo decirle por falta de oportunidad, de tiempo, o simplemente por no haberse atrevido.

Y yo pensaba que tanto Juan como Zacarías parecían estar solos. O no tuvieron familia o la dejaron atrás, o la familia los dejó atrás a ellos y por un momento pensé que a mí estaba pasándome lo mismo, que tácitamente vamos ejerciendo una opción distinta en la que los demás son como visitantes que están un tiempo y se van, que vienen, pasan un fin de semana, unos días, y se vuelven a su lugar de origen o regresan al de su destino, que no es el nuestro; y que el nuestro no está en ningún lado, o que está en uno que siempre parece quedar muy lejos.

Y de pronto también me di cuenta de que no hay nada de malo en eso, que pese a que quisiéramos compartir la experiencia profunda de la vida con otro, si eso no se puede, vale la pena no ceder y seguir solo, no cambiar esa libertad por el simulacro de una comunicación, tan bien que se está solo después de todo, sin tener que someterse a la cárcel de la vida cotidiana y poder elegir. Quizás fuese una buena oportunidad de ser libre. La libertad no es fácil, pero a veces es preferible.

Yo empezaba a estar demasiado bien conmigo misma y eso me asustaba. Cada vez necesitaba menos de los demás y cada vez más sentía que ellos me invadían, pero ni aun así pensé que estuviera equivocada.

Esa figura que se recortaba en la entrada también parecía estar muy bien, muy satisfecha consigo misma.

Me acerqué de a poco. Sentí mis pies en la blanda alfombra de hojas que levemente chasqueaban en cada paso y traspasé la entrada. A pocos metros estaba él, ese hombre con un cabello ahora muy blanco, con unos ojos claros muy vivos y una piel tan blanca como ese cabello.

El hombre a quien ella había abrazado aquellas lejanas noches, el que la había amado por primera vez, estaba ahí. Había traspasado las vidas de todos y llegado hasta mí. Era como haber vencido glaciares, como haber sobrevivido a distintos mundos que desaparecieron y se rearmaron como otra cosa al cabo de tanto tiempo.

No sé cuánto estuvimos en esa inmovilidad y en ese silencio que duraron hasta que una de sus manos comenzó a despegar hacia adelante, como obedeciendo a un movimiento independiente a toda deliberación, como tendiéndose hacia mí mientras decía: «Sos el vivo retrato de ella cuando...». Llevaba un viejo pulóver azul y un pantalón de trabajo.

Me hizo pasar. Antes de trasponer la puerta estuve ante ese rostro tan cercano y a la vez tan lejano que parecía fantástico. No era un hombre mayor, era un hombre joven dentro de un cuerpo tan antiguo que lo había llevado por diferentes mundos y éste era uno más. Todo parecía observarlo con una sorpresa de primera vez. Todo parecía descubrirlo. Lo besé y sentí la suavidad de una piel a la que tantas eras por las que atravesó no parecían haber curtido.

Entré a su pequeño reino que se abría en ese *living* con muebles de madera, tapizado por estanterías llenas de libros. Me señaló un sillón y por unos momentos seguimos mirándonos, como incapaces de saber cuál debería ser el siguiente paso.

Pensaba que mi decisión me hizo buscarlo y me llevó hasta ahí y que ahora me abandonaba y yo no sabía cómo seguir.

—¿Cómo fue que supiste de mí…? —me preguntó finalmente y le conté.

Imaginaba que llegado este momento iba a mostrarme muy decidida y a contarle orgullosamente de mi hallazgo, de mis pasos hasta encontrarlo, pero me sobrevino una especie de pudor y las palabras iban saliendo como con vergüenza, como la vergüenza que debe sentir quien ha violado un secreto y entonces se lo dije, le dije cómo me sentía y que necesitaba saber algo más y que ese algo era una de las razones más poderosas que me condujeron hasta su casa: necesitaba saber si se vieron luego, antes de la muerte de ella.

—Sí —me dijo sencillamente. Suspiré.

—Pero mejor hago un té o un café, ¿qué preferís? —me preguntó.

Lo oía en la cocina preparando el café y mis ojos pasearon por ese *living*. ¿Habría estado ella en ese lugar?, ¿se habrían visto en la casilla?, ¿habría sido alguna vez o muchas?

Oía el ruido de la canilla, el tintineo de las cucharas, el leve ruido de las tazas en sus platos y pronto ese aroma a café.

Yo estaba muda. Las preguntas que se me habían agolpado durante tanto tiempo quedaban ahí, detrás de ese muro de silencio.

Pronto regresó. Le dije que estuve con Juan y que lo recordaba muy bien, pero antes de que pudiera internarse en ese pliegue de la historia le pregunté por ellos, por él y por Mamina.

—¿Cuánto sabés?

—Leí el diario de ella; leí las cartas que le escribía usted hasta que dejaron de verse…

—Conocés bien la historia —me dijo—. No sabía que ella hubiera escrito un diario…

—Debe haber muchas cosas de ella que usted quizás no haya sabido… antes y después, de esa época, cuando escribió el diario y de luego…

—Aunque a ella no le gustaba hablar de eso, supe de su vida luego porque hace un par de años nos reencontramos…

—¿Un par de años…? ¿Cuántos…?

—Unos casi tres…

—¿Y se vieron alguna vez o se veían siempre…?

—Nos veíamos mucho, no dejábamos de vernos ni de hablar.

Me quemé los labios al beber el primer sorbo, tan sorprendida estaba que no soplé el borde de la taza. Me di cuenta de que algún imaginario sentimiento, algo de lo que yo sentía que hubiera podido ser la frustración de ella al verlo partir, al ver que él la dejó por correr sus aventuras periodísticas, pasaba a mí bajo la forma de un leve y extraño resquemor hacia él, pese a la intensidad de los sentimientos que yo adivinaba que él debía conservar. O quizás fuera envidia por lo que ellos continuaron sintiendo a lo largo de tanto tiempo, o el pensar que él me la quitaba de alguna manera, que él sí conocía a alguien a quien yo había conocido poco y que la oportunidad ya había pasado porque la vida había pasado.

—Sí —dijo él—. Nunca dejé de pensar en ella. No me casé... nunca sentí nada así por nadie más...

—Fue por eso o porque prefirió la libertad de no estar atado a un lugar, a una persona y poder escribir, "dejar constancia de una época"...

—...

—Yo no lo juzgo...

—No fue fácil alejarme de ella —agregó bajando la voz y meneando levemente la cabeza—. Hubiera querido que estuviésemos juntos, poder...

—...compartir su mundo con ella... pero quizás ella esperara compartir el suyo con usted...

—¿Por qué sentiste la necesidad de buscarme y venir? —me disparó de pronto, alzando levemente la cabeza, pero no la voz, que sin embargo se había vuelto más neutra, más fría.

—Para cerrar la historia.

—¿Cuál?, ¿la de ella o la tuya?

—Quise saber si ella, al final de su vida, tan dura, tan desoladora, con tan poco amor, había estado con usted... había vuelto a verlo...

—…ella me escribió…a la dirección de cuando yo vivía en Buenos Aires y fue por ella que vine. Vendí todo, me compré esta casa, decidí mudarme y creéme que lo hice porque pensé que era dar la vuelta a aquella página, tratar de volver a aquel punto pero tomar otra dirección… en una encrucijada hay dos direcciones posibles… Yo tomé una y tuve una vida que justificaba esa decisión pero también una vida a la que siempre le faltó eso…

—…

—Nuestro amor había sido siempre para nosotros… nunca se abrió hacia afuera. Nunca lo compartimos con el mundo, sólo lo vivimos nosotros y eso siguió siempre así. Cambiar eso hubiera sido cambiar todo…

—Nunca se habían escrito… ¿y cómo fue esa primera vez luego de…?

—Fue como retomar algo, como si hubiéramos vuelto al mismo punto… antes éramos jóvenes, estábamos haciendo una vida y teníamos la libertad de hacer cosas: ella de seguirme y yo de quedarme; y ahora éramos igual de libres, pero por ya haber vivido esa vida que antes pensábamos que estábamos construyendo. Ya todo había sucedido, de una u otra manera, salvo las cosas que quedaron pendientes. Ya no estábamos encadenados, obligados. Estábamos de nuevo libres… Antes no le había contado a nadie de mí, lo había vivido en silencio, lo había tenido como algo nada más que para ella, algo propio, íntimo, algo que guardar para mí y quería seguir teniendo eso, una especie de recinto, de lugar secreto donde nadie entrara, donde nadie hiciera preguntas.

—No se sentía querida, no se sentía acompañada por nosotros...

—No hablábamos de eso. No había preguntas sobre nosotros, sobre cosas que no fueran lo nuestro. Dejábamos afuera todo eso. Simplemente estábamos juntos. En algún momento arreglábamos encontrarnos, acá o en la casilla. Tenía algo de ceremonia. Aunque fuera temprano bajábamos las persianas o entrecerrábamos los postigos, preparábamos un café como este o cocinábamos, casi siempre aquellas cosas que comíamos en el campo: una carbonada criolla, un puchero, una tira de asado y hablábamos, hablábamos horas como si todo ese tiempo no hubiera pasado y dormíamos juntos, amanecíamos abrazados... en algún momento la magia declinaba y había que despedirse para poder renovarla, pero ya no había riesgos; ya no había alternativas, ni esperas. Ella necesitaba su libertad y yo la mía.

—Usted siempre necesitó su libertad.

—Todos la necesitamos; pero la libertad no es una cosa fácil... la libertad es solitaria, a veces, muchas veces, es dura y hay que estar muy seguro de qué es lo que uno quiere antes de desechar otra cosa por ella...

—Y cuando no estaban juntos...

—Pensábamos el uno en el otro, sin someternos al desgaste de la vida ordinaria, la vida cotidiana, los quehaceres, las obligaciones. Todo era placer en nuestra vida. Algo que no habíamos tenido antes; pero no cualquier placer, no uno que se pudiera comprar, sí uno que no se podía malgastar, por eso había que cuidarlo y que venía de las cosas más pero más simples: hacer un mandado por el barrio, cocinar juntos, preguntar si querés esto o lo otro… traerle algo, un libro, unas flores… todo eso que la vida ordinaria, que la vida cotidiana, que la vida de las obligaciones sepulta despiadadamente.

Nuestra vida estaba sólo hecha de esas cosas y por eso era tan intensa, tan única… no sé si me creas, pero estos fueron los mejores tres años de mi vida y la extraño de una manera que no cabe en palabras, que no se puede explicar, que tiene que ver con cosas, con aromas, con voces, con palabras.

Hizo una pausa. Nos quedamos en silencio. Quería que me hablase de ellos y no simplemente de él y por eso no le pregunté sobre su vida.

—¿Cómo fue el final…?

—Ella lo presintió. Cada vez podía ser la última. Hasta hace poco yo manejaba. Me iba a encontrarla. Otras, venía ella. Yo le pagaba un taxi, al otro día la llevaba. Coincidía con que ya la hubieran visitado, con que sus hijos y nietos estuvieran afuera, o trabajando, o estudiando y aquella última vez fue distinta. Me miró de otra manera, me abrazó, nos quedamos mirándonos.

—Y aquellas veces, en el campo, ¿cómo vivió ese amor? En sus diarios es un amor intenso, nuevo, lleno de aventuras y de peligros…

—Y lo siguió siendo. Ahora no nos escondíamos pero no queríamos que nadie lo supiera. Nadie iba a poder entenderlo… y aquellas noches fueron algo que recuerdo cada día, cada noche; y ahora, cada momento. Son tan vívidas como lo fueron entonces, quizá por haberlas recordado tanto, por haberlas mantenido tan vivas, primero en la ausencia y después en el recuerdo y saber que ser mayores ahora no nos había robado esa intensidad, esa pasión, esa delicadeza, la de aquellas palabras frente al fuego, la de aquellos amaneceres, aquellas miradas durante el día y yo la veía diferente. Diferente desde que llegué hasta que nos amamos, como si hubiera cambiado. La primera vez que la vi me quedé como hace un rato, cuando llegaste; aunque hace un rato fue diferente, fue como una aparición, como si aquello que sentí entonces hubiera regresado no en el recuerdo sino en la realidad. Antes no había visto a una mujer así, que me abordara y lo hiciera venciendo algo pero con una resolución que yo pensé que ella en su vida iba a ser alguien muy fuerte, alguien que no se dejaría vencer. Con esa apariencia de timidez era capaz de hacer cualquier cosa, lo más arriesgado, y de haber sido por ella me hubiera seguido, eso lo entendí muy bien. Dicen que es un rasgo de los vascos, ser tímidos, callados pero resueltos, como vos, que llegaste hasta acá sin saber qué encontrarías. Y del final, cómo decirlo. Llamé y llamé. Un día me fui en el auto. La casa estaba cerrada. Llamé en la esquina, en lo de Corradini, y me dijeron. El instante tan temido de la separación, una definitiva, había llegado. Muchas veces pensé que ella lo iba a sufrir, que iba a sufrirlo de nuevo porque iba a ser yo quien me fuera antes... me dijo la señora de Corradini que fue rápido, un derrame, que no sufrió y decidí creerlo.

—Fue así.

—Gracias. Si es cierto, gracias por decírmelo; y si no lo es, gracias por dejarme creerlo.

—Es así. Nos vamos solos, igual que como llegamos. Ella vivió sola mucha parte de su vida. Todos, de un modo o de otro, la dejamos sola porque mientras no lo tuvo lo esperó y en cuanto a sus otros amores, no deben haberle dado lo que vivió con usted, esa intensidad, la separación entre ese amor y la vida cotidiana, como usted dice, la vida real…

—Nuestro amor fue la vida real. Fue real para nosotros. Vivimos de esa realidad. Esa realidad nos hizo soportar todo lo demás. A ella, la muerte de su marido; a mí, la soledad, el haberla perdido. Sí, tendría que haber cambiado toda esa vida por estar con ella. Eso me lo digo ahora, eso me lo dije muchas veces, muchas… porque qué logré con todo eso, con ese "ideal", con esa necesidad de "dejar constancia de las cosas", de la época. Me llenó a mí, pero no enteramente. ¿Y a quién le dejé ese mensaje? A nadie, a nadie le interesa esa época de la que era tan necesario dejar constancia que eso justificaba que uno le ofrendara justamente eso, la vida. No pude incidir en nada en la derrota ni en los excesos de esas ideas y me perdí de todo lo demás, de que nos despertáramos toda la vida como solíamos cuando pasábamos las noches juntos. No hay día que no piense en eso, en todas esas mañanas que no tuvimos, en todos los días, todas las tardes que, lentamente, van formando la vida, la cuenta que se agrega y que resta; las horas: todas hieren, la última mata. Son sensaciones tan distintas a todo lo demás y pensar que cuando yo no esté más esas sensaciones habrán desaparecido. En ellas estamos enteros, jóvenes siempre,

siempre abrazándonos, besándonos, haciendo el amor por primera vez. Siempre es esa primera vez, como si el tiempo fuese cautivo de esa intensidad. Ellas no envejecen, en ellas somos eternos, pero se extinguirán conmigo...

—Yo entré en la historia, me doy cuenta, para que eso no suceda. Esas son las cosas de las que yo tengo que dar cuenta, "dejar constancia". Esas sensaciones. Atesorarlas, tenerlas para mí, compartirlas alguna vez con alguien, escribirlas, sí, escribirlas, revivirlas, hacerlas una inspiración. Ese diario tiene sentimientos independientes a todo, eternos, que siempre existirán. Esa es la misión mía ahora. También es un mensaje: saber elegir, saber esperar, saber reencontrarse, saber perdonar, saber gozar. Ese es el mensaje. Eso no se va a perder...

—Sí se va a perder... es una historia pero es sólo nuestra. No somos eternos...

—Pero la historia sí es eterna... uno no vive como sueña ni como desea sino como puede.

—...según se mire, fue un privilegio: vivir un amor sin esa muerte en vida que es lo diario, las obligaciones, todo eso que nos saca la energía, que nos seca, que nos convierte en vegetales, en muertos en vida. Aun en la ausencia estuvimos siempre vivos, sin obligaciones, sin rendiciones de cuentas, sin la cárcel de la vida cotidiana.

—Y ella, ¿de qué hablaba...? ¿Qué decía de nosotros...? ¿Cómo eran aquellas noches, aquellas tardes...?

—No, no puedo hablar de ella ni de lo que decía. Es algo que a mí no me pertenece, que es suyo y ella no quería hablar más que de nosotros. Fue como si hubiera puesto toda esa vida en otro espacio, uno común que no le interesaba compartir. Demasiado tenía con haberlo vivido. Lo nuestro era nuestro. Era nada más que nuestra historia. La convivencia era mucho más fácil; era lo más remoto y lo más inmediato; ayer, la última vez que habíamos hablado, lo que íbamos a cocinar, lo que íbamos a leer.

De pronto todo se cerraba. Tenía una última pintura de ella y era tan estática como lo que yo había visto. Quizá aquello que fui a buscar ahí no existía o quizás era simplemente inaccesible para mí; ella tenía un costado inaccesible y eso quería decir que todos lo tenemos, todos acaso tenemos algo que no se puede mostrar, que sólo se puede adivinar y probablemente ese fuera el mensaje: lo más conocido, lo que parece lo más predecible puede ser algo inabarcable, algo a lo que no sólo no se puede acceder sino que ni siquiera se puede adivinar.

Ya no podría sacar nada de esa historia.

La revelación se había producido. Si persistía sólo iba a acceder a una repetición.

Me di cuenta de que las interrogantes no siempre son respondidas, al menos no como uno espera que lo sean.

Entendí que era tiempo de volver, de decir adiós, de cerrar ese capítulo

De pronto me encontré comenzando a despedirme.

Entonces le dejé la caja.

Lo había pensado mucho.

Era de ella, hubiera debido dejarla con ella, junto a sus flores, a su nombre con dos fechas en una placa; pero no era ese el destino de aquella caja, el de degradarse en los elementos, en el olvido, en perder el significado, la fuerza, y finalmente desaparecer. No.

Tampoco era mía. Me tocaba, me atravesaba, me transformaba, pero no era algo mío sino algo que habían vivido otros y que era de ellos, algo de lo que no podía apropiarme. Yo debería ahora vivir mi propia historia, con sus propios objetos, pero él merecía tenerla. *Qué tanto representaría ella para él al cabo de tanto tiempo*, me pregunté.

También entendí que debía dársela y no volver, que debía llevarme de él aquella última impresión porque era necesario dejar indemne esa imagen, la de ellos amándose nuevamente como lo hicieron antes, en un espacio cerrado a los otros, en uno propio, y que no debía confrontar eso con la realidad ordinaria, la que conocía. Si siguiera viéndolo, si lo convirtiese en una suerte de abuelo, de confidente, de algo, entonces tarde o temprano aparecería una grieta que desdibujaría esa imagen que era la que yo quería guardar, la de su amor, la de su hallazgo, la de saber pero sólo hasta donde se podía saber y no traspasar la delgada línea de su intimidad.

Era suficiente la posibilidad de que ella hubiera sido feliz así porque no podría soportar la de que no lo hubiera sido.

Sí, le pedí aquella foto, la de Mamina frente al galpón, eso sí sentí que me pertenecía, esa imagen desconocida, inesperada, de ella, que tan bien reflejaba toda aquella historia.

En un momento estiré mi mano, deslicé la taza de café hacia adelante y extraje de mi bolso la caja de madera y sólo le dije: «Esto es suyo, le pertenece» sintiendo que era un objeto codiciado que iba a extrañar toda la vida, pero que debía entregarlo porque la vida es eso, perder cosas, dejarlas ir, hacer lo que se debe hacer, porque ellas a la vez contienen algo más grande y es eso lo que en verdad vale y debemos atesorar.

Él se quedó en silencio, largamente, mirando esa caja de madera; y vi sus ojos claros, lejanos, inescrutables que quizá estarían viendo todo lo que el diario contaba, aquella habitación con la salamandra, aquellos cuerpos desnudos ante el fuego, el Comousted, la piel, las palabras secretas susurradas en esas noches tan lejanas pero que no se habían desvanecido, que estaban ahí fijadas, recordadas todos los días, todas las noches, todas las horas durante la eternidad que demanda que un mundo desaparezca y sobrevenga otro.

Nada dijo y preferí pensar que era por todo lo que sentía, a veces debemos elegir qué sentir o qué pensar y lentamente se puso de pie y me miró con aquellos ojos que una vez la habían mirado a ella por primera vez a la vera de un galpón de esquila, en una hilera de fardos, en un Ford T ...La miró y la alzó hasta su rostro y profundamente respiró de ella y yo sabía que sentía aquello que había sentido yo, el perfume de la madera que contenía sensaciones de un mundo remoto y vivo al mismo tiempo.

Se hizo un silencio extraño, poblado de cosas, de voces, de colores, de imágenes, y para mí, de mi futuro, de lo que la vida me depararía o no.

Supe que las cosas más íntimas son también las más pobladas de silencio, de preguntas, de aquello que nunca va a ser dicho y que no había nada para decir, que todo esto era mucho mayor que nosotros, que no podía ser abarcado por palabras, que sólo quedaba eso, mirarnos, despedirnos, sentir las manos de uno en las de otro, porque de pronto me encontré tomándole las manos a ese anarquista curtido, ese sobreviviente de algo extinguido, mirando esos ojos que habían visto el Rio de la Plata, la calle Curupí, el escudo de la embajada de Estados Unidos en mitad de la calle y a Mamina, una vez y otra y otra, y también elegía pensar que durante todo ese abismo de tiempo la llevó tatuada en sus ojos y que nunca dejó de verla (como yo no dejo de verla ahora).

Entonces nos movimos hacia el costado de la mesa y nos abrazamos, primero levemente pero después fue como si todo aquello que no se podía decir se hubiera transformado en fuerza y así el abrazo crecía. *Los grandes amores son incomprensibles, subsisten sin razones, renacen, parecen ser olvidados, vivir en un estado de latencia o estallar como una luz muy fuerte*, pensaba yo mientras lo abrazaba y sentía la textura de ese veterano pulóver azul y aquel cuerpo que olía a hervores, a viejo, a remedios, pero cuyos ojos parecían haber dejado atrás todo eso para transportarse a otro momento y quedarse en él, al menos mientras durara ese abrazo que parecía sin final porque abarcaba a dos épocas girando en un mismo círculo.

Luego algo dijimos, algo que no recuerdo, y salí.

El aire de la calle —que de pronto me revelaba la atmósfera cerrada de aquel lugar— me llevó de nuevo al presente.

Era como si estuviera vacía, como si me hubiera despojado de algo y ganado un espacio muy hondo que ahora debía llenar, una página donde escribir una historia y pensé en todas las cosas que esperamos, que soñamos, que nos sobrevienen, nos aguardan o nos acechan. Pensé en nuestros sueños, el fracaso de nuestros sueños, las escenas, aquellos aromas, y mientras sentía todo eso sentía algo más: que con eso de lo que acababa de despojarme me despojaba también de sus secretos y yo los sentía alejarse, desdibujarse, volver a ese eterno paraíso de la habitación con la salamandra donde vivirían para siempre.

Los sentía y los despedía mientras me alejaba.

Mar del Plata, 18 de marzo/ 24 de mayo 2014

Eduardo Balestena
Mar del Plata, 1955

Ensayista, escritor, trabajador social, abogado, crítico musical.

Libros y algunos artículos:
Lo Institucional, paradigma y transgresión, 1996, ensayo, Espacio Editorial. Buenos Aires, reeditado, 2003, con prólogo del Dr. Natalio Kisnerman, profesor emérito de la Universidad del Comahue, Doctor Honoris causa por la Universidad de Cuernavaca, México.

Fiesta y Pinturas en la posmodernidad de la exclusión, Ente Municipal de Cultura, 1997. Mar del Plata

La articulación de los universos simbólicos, en Acción Social Comunitaria I, Recopilación de Alberto José Diéguez. Espacio, 1998.

Migración, estrategia, identidad y construcción cultural, en *Los vascos en la Argentina, presencia y protagonismo*, Fundación Vasco Argentina Juan de Garay, Buenos Aires, 2000.

Ética del saber y las instituciones en *Ética, ¿un discurso o una práctica social*, recopilación de Natalio Kisnerman, Paidós, 2001. Madrid, México, Buenos Aires.

La fábrica penal con prólogo del Dr. Eugenio Raúl Zaffaroni. Editorial B de F, Buenos Aires-Montevideo. Colección memoria criminológica.

El control social en la sociedad desarticulada, Coloquio de homenaje al Dr. Zaffaroni, Universidad Michoacana San Nicolás e Hidalgo, 2006.

También se encuentran publicadas:
Ocurre al otro lado de la noche, novela, Del Castillo, edit., 1987, reedición, Edit. Corregidor, 2010.

Ana, el interior del fuego, novela, Melusina edit., 2000.

Ensayos literarios en diferentes publicaciones:
Amores de Lejos, Corregidor, 2009.

Ocurre al otro lado de la noche, reedición e/p, Corregidor, 2010.

Palabra y utopía, en "Brújulas de lo social. Voces para un futuro solidario. Encuentros con Joaquin García Roca", Edit KhF; Madrid; España, 2013.
Libro en homenaje al Dr. Joaquín García Roca.

Arcos, piedras y puentes, en "Natalio Kisnerman, Maestro y navegante del Trabajo Social" Mg. Víctor Hugo Mamaní, compilador, Ediciones Jakasiña, 2014,

San Salvador de Jujuy, Argentina (Compilación en homenaje al Dr. Natalio Kisnerman).

La encrucijada planetaria, en "La Criminología como Critica Social-Sergio Sánchez Rodríguez, compilador" (textos en homenaje al Dr. Carlos Elbert). Editorial Metropolitana, Santiago de Chile, 2014.

Está editando el libro de ensayos, *Las formas inaccesibles* (e/p editorial Huesos de Jibia, Buenos Aires/Barcelona).

Es colaborador del Diario *La Capital*, de Mar del Plata desde 1984 y del Diario *El Tiempo,* de Azul desde 2015 y ha recibido distintos premios. Es miembro de la Asociación de Críticos Musicales de la Argentina.

"Toda literatura necesita una constante renovación. Pues bien: Eduardo Balestena está llamado a ser uno de los renovadores de la literatura argentina. Es un escritor joven y es un escritor hecho y derecho, de extraña y rara originalidad, Le doy mi más calurosa bienvenida, y espero que el público le añada la suya".

Marco Denevi

Estimado Eduardo:

En estas lejanías europeas acabo de terminar de leer su libro "Ana, el interior del fuego". He quedado admirado por su arte de escribir literatura. Tiene un estilo sabio, descubridor, que nos abre horizontes en cada página. Usted es un maestro. Pocas veces he encontrado tanta profundidad en un trabajo literario. He quedado sorprendido y profundamente admirado. No le exagero en nada, no me gusta hablar al vacío. Me gusta tratar la realidad en que vivo. Muchas gracias, Eduardo. Siga así, constante en el escribir, usted llegará a tocar el cielo con las manos. Otra vez, Gracias, por los buenos momentos que pasé acompañado por su libro. El abrazo fraterno de Osvaldo Bayer.

www.ingramcontent.com/pod-product-compliance
Lightning Source LLC
Chambersburg PA
CBHW022044240626
47154CB00007B/2556